왜 사랑했을까

# 왜 사랑했을까

**초판발행일** | 2022년 1월 5일

**지 은 이** | 장세희(백정미)
**펴 낸 이** | 배수현
**디 자 인** | 박수정
**제 작** | 송재호
**홍 보** | 배예영
**물 류** | 이슬기, 이우길

**펴 낸 곳** | 가나북스 www.gnbooks.co.kr
**출 판 등 록** | 제393-2009-000012호
**전 화** | 031) 959-8833(代)
**팩 스** | 031) 959-8834

ISBN 979-11-6446-047-2(03800)

# 왜 사랑했을까

장세희
에세이

가나북스

# 누군가를 사랑한다는 건

바람이 차다
시린 바람결에 살아오는 동안 만났던 무수한 인연들이 보인다
사랑한다는 말도 하지 못한 채 떠나보낸 이들이 얼마나 많은가
한층 차가워진 겨울의 초입에서 누군가를 사랑한다는 건
그를 순수하게 걱정하고 그리워한다는 것이란 걸 깨닫는다
잊지 않고 기억 하리라
당신의 모든 것들을.......
하얀 눈꽃송이 아름답게 온 누리에 흩날릴 때
내 사랑 당신에게 이 마음의 전부를 띄워 보낼 것이다

시인. **장세희**

오늘도 하루를 견뎌낸
그대를 위한 사랑

목차

목차

# 3부 ▪▪▪▪▪▪▪▪▪▪▪▪▪▪▪▪▪▪▪▪▪▪▪▪▪▪▪▪▪▪▪▪▪▪▪▪▪▪▪▪▪▪▪▪▪▪▪▪ 149

# 1부

왜 사랑했을까 · 내 마음이 향하는 곳은 어디일까요 · 작은 기도 · 당신과 사랑하고 싶어요 · 오늘이 이 세상의 마지막 날이라면 · 내가 그대를 좋아하고 있거든요 · 당신 보고 싶어 울고 있어요 · 담벼락에 기대어 · 살아가는 시간 동안에 우리는 · 빗방울 사랑 · 그리운 사람에게 · 당신밖에 없어요 · 왜 이렇게 보고 싶을까요 · 그리움 · 그대의 부드러운 입술 위에 · 수줍은 고백 · 잘 지내니 · 이러다 내가 죽을 것 같아 · 가을비가 내려 내 가슴에 · 그대가 보고 싶어요 · 나는 당신을 사랑하지 않을 수 없습니다 · 눈꽃으로 그대 오셨나요 · 얼마나 사랑했으면 · 사랑의 노예 · 너는 나의 모든 것 · 살아서도 죽어서도 내겐 당신뿐입니다 · 솜사탕처럼 달콤한 그대 · 내 발에 밟히던 저 낙엽들처럼 · 사랑해 사랑해 사랑해 · 그대 마음속으로 들어갈 게요 · 오늘도 어디선가 그대가 · 아파도 사랑합니다 · 첫눈이 내리면 안아 줄게요 · 천년에 한 번 꽃이 핀다면 그 꽃은 나였으면 해 · 너 떨리니 난 지금 죽을 것 같아 · 겨울비를 맞으며 그대 생각했습니다 · 천사처럼 아름다운 당신입니다 · 겨울비 내리는 세상은 아름답구나 · 함께 해주어서 고마워요

# 왜 사랑했을까

별들도 자취를 감춘 밤하늘
쓸쓸한 눈빛으로 창밖을 보지만
캄캄한 어둠과 미세한 고요
왜 사랑했을까
문득 가슴을 치는 질문
심장을 찌르는 비수와 같은 물음

당신을 사랑하지 말 걸
당신을 좋아하지도 말 걸
나는 왜 사랑이란 늪에 빠져들어서
내 영혼의 마지막 즙까지 당신에게
주고 말았을까

목숨보다 사랑했으면서
마지막까지 내 사랑 하나 지키지도 못하고
비겁하게 홀로 남아서 이렇게 그리워하는 걸까
보고 싶다
왜 사랑했을까

별들아 너희들도 이루지 못한 사랑이 있어서
오늘밤 어디에선가 숨어 울고 있니
나처럼 숨죽여 울며 눈물 흘리며
한 사람을 그리워하고 있니

왜 사랑했을까
이렇게 아파할 것을 알았으면서
왜 이별했을까
이렇게 못 잊어 그리워 할 거면서

# 내 마음이 향하는 곳은 어디일까요

신기해요
마음에도 발이 달렸나 봐요
내 마음이 향하는 곳은 어디일까요
새벽별빛 후드득 떨어져 내린 스산한 아침 숲을 지나
향기로운 꽃들 우거진 이른 봄 푸른 초원을 지나
함박웃음 지으며 내 마음이 지금 어디로 갈까요

신성한 하늘이 내게 말해주네요
바로 당신이 계신 곳으로 가는 것을
꿈속에서도 내 마음은 당신에게로만 길을 만들어요
당신이 계신 곳을 향해 해바라기가 된 내 마음
마음에도 발이 달렸나 봐요
어느새 또
당신께로 달려 나가서
내 몸은 지금 텅 비어 있어요

그렇지만 당신 계신 곳은 너무나 아득하게 멀어요
길을 잃고 미아가 되어버린 내 마음이

눈보라 속에서 슬프게 울고 있네요
당신께서 내 마음을 따뜻하게 위로해주세요
나는 버리셔도 내 마음은 버리시면 안돼요
왜냐하면 내 마음에게는 당신만이 세상의 전부니까
내 마음의 눈에는 오직 고운 당신의 모습만 보이니까요

# 작은 기도

우주의 헤아릴 수 없이 많은 행성 중에
이렇게 숨 막히도록 아름다운 푸른 별 지구에
태어나게 해주셔서 감사 합니다

저에게 현명한 이들의 정신세계를 읽을 수 있는
시력 좋은 두 눈을 주심을 감사하고
지상의 모든 것들의 도란거리는 소리를 들을 수 있는
밝은 두 귀를 주심을 감사합니다
내적성숙이 부족한 저를 항상 옳은 길로 인도하시고
뜨거운 눈물로써 하나님을 찾을 수 있도록
적절한 고난을 주셔서 감사합니다

하나님
저에게 오늘이라는 하루와 저를 아껴주는 소중한 님들을 주셔서
정말 감사합니다
항상 저를 격려해주시고
따스한 사랑의 인사를 건네주시는 소중한 님들을
만나게 해주셔서 감사합니다

그들의 머리 위에 하나님의 은혜를 폭포수처럼 쏟아 부어 주시고
우리 님들이 가시는 곳마다 동행하시어 안전하게 지켜주시옵소서
그분들이 하시고자 하는 정의로운 일들이
뜻대로 이루어지게 하여 주시고
병으로 인해 고통 받는 님들에게는 치유의 기적을 행하여 주시
옵소서

저는 님들로 부터 받은 것이 너무나 많습니다
좌절하지 않고 세상을 살아나갈 수 있는 용기를 주신 님
외로움에 휩쓸리려 할 때 기꺼이 친구가 되어주신 님
글을 쓴다는 일이 누군가를 행복하게 해줄 수도 있다는
깨달음을 주신 우리 님들

오늘 이 기쁘고 복된 날
하나님께서 우리 님들의 외로운 손을 마주 잡아주시고
남몰래 감당했던 삶의 아픔과 슬픔들을 말끔히 거두어 주시옵소서
생각만 해도 가슴이 벅찬 사랑하는 우리 님들을
당신의 자애로운 미소로 넘치도록 축복하여 주시옵소서

# 당신과 사랑하고 싶어요

지금이 겨울이라고 하네요
사람들은 요즘이 겨울이라고 하지만
내 마음은 이미
오래전부터 꽁꽁 얼어붙어 있었어요
하얗게 동결된 이 가슴 속엔 온종일
찬바람만 매섭게 불어오고 있어요

다른 사람은 소용없거든요
그 어떤 누구도 다 필요 없거든요
나에겐 당신만 있으면 돼요
당신 한 사람만 사랑하고 싶어요

활화산처럼 뜨겁게 불타오르는
이 그리움이 불꽃이
보이지 않으신가요
아파도 당신 보고파
속이 새까맣게 타들어가도
아무에게도 털어놓지도 못하고

눈물의 강에 가라앉아가는 나를
한 떨기 추억으로라도 기억해주시나요

다 필요 없어요
당신만 내 곁으로 돌아와 주신다면
당신 아닌 다른 사람은 아무 소용이 없어요
당신과 사랑하고 싶어요
모든 신들이 질투할 만큼
아름다운 사랑을 나누고 싶어요
오직 당신과.....

# 오늘이 이 세상의 마지막 날이라면

아침이면 수평선 위로 햇님이 모습을 드러내고
밤이 되면 하늘 밭에 별님들이 돋아나는 일이
그저 당연한 일인 줄 알았습니다

그대의 모습을 멀리서나마
바라볼 수 있는 일도
그저 익숙한 일상이라 생각했습니다
과학자들은 소행성이 우리를 향해 다가오고 있다고 합니다
마야인들은 몇 년 후에 지구가 멸망할 거라고
예언했다고 합니다
만약 오늘이 이 세상의 마지막 날이라면
나는 내 목숨보다 그대의 안부를 더 걱정하고 싶습니다

그대가 내 곁에 없어
마지막 순간을 함께 하지 못하더라도
나는 뼈가 짓이겨지는 고통에 몸부림치면서도
그대가 겪을 아픔을 더 괴로워할 것입니다
세상의 모든 것을 준대도 결코 바꿀 수 없는

내 사람

그대를 생각하면 이렇게 눈물겹게 행복해집니다
그대와 내가 이 땅위에 살아있다는 사실이
오늘 사무치게 고맙습니다

# 내가 그대를 좋아하고 있거든요

그대의 얼굴을 살짝 떠올리기만 하여도
가슴이 두근두근
두 볼은 발그레하게 노을빛으로 물들고 말아요
내가 그대를 좋아하고 있거든요

그대의 전화번호가 휴대폰에 찍히면
온 몸이 사시나무처럼 파르르 떨려오고
정신이 혼미해지고 말아요
내가 그대를 너무나 좋아하고 있거든요

그대가 좋아서 도저히 참을 수가 없어요
누군가 내게 그대를 얼마나 좋아하느냐고 묻는다면
나는 이 세상 언어로는 표현할 수 없을 만큼
그대를 좋아한다고 말해줄 거예요

언제쯤 그대에게 속 시원히 고백할 수 있을까요
이토록 좋아하는 나의 마음을
어쩌면 사랑일지도 모르는 설레는 이 느낌을

# 당신 보고 싶어 울고 있어요

사랑하면 안 되는 거였어요
당신을 사랑해서는 안 되는 일이였어요
그렇지 않고서야 어찌 다정했던 운명의 여신이
우리에게 이처럼 가혹한 이별을 안겨주었을까요

당신은 내가 사랑했던 최초의 사람
모든 걸 바쳐 사랑했던 최후의 사람
뼛속을 에는 얼음 같은 한기마저 사라지게 하는
뜨거운 이 그리움은 모두
당신만을 향해 흘러가고 있어요

당신 보고 싶어 울고 있어요
우리 정말 사랑했잖아요
서로가 곁에 없으면 견딜 수 없어서
많이 아파했잖아요
그랬던 우리가
이제 멀고먼 타인이 되어
홀로 보고 싶다 울고 있네요

사랑하면 안 되는 거였을까요

내가 당신을 사랑해서는 안 되는 일이였을까요

당신 죽을 만큼 보고 싶어 나는 울고 있어요

막막한 슬픔의 늪에 빠져서 헤어날 수가 없어요

이제 어떻게 하죠

당신 보고 싶어 하염없이 눈물만 나는데

그저 눈물만 흐르는데....

# 담벼락에 기대어

나 지금 담벼락에 기대어 위태롭게 서있어
숯덩이가 되어버린 마음을 간신히 지탱하고
아니 지금 남몰래 무너져 내리고 있어
찬찬히
아주 찬찬히 슬픔의 호수에 침몰하고 있어

네가 돌아서서 멀어져가던 저 길
이 담장을 지나 내 마지막 눈물까지 즈려밟고
냉정하게 떠나갔던 싸늘한 너의 뒷모습
너는 모르겠지
한 때 연인이었던 내가 쇠락한 담쟁이 넝쿨처럼
속절없이 시들어버린 채
이 담벼락에 가까스로 매달려 있다는 것을

네가 보고 싶어
금방이라도 심장이 멎을 듯 해
사랑한단 말보다 더 뼛속깊이 사무치는 말
보고 싶다...

담벼락에 기대어 너를 그리워해
아무도 오지 않는 쓸쓸한 기억의 담벼락에 기대어

# 살아가는 시간 동안에 우리는

깊은 밤 잠 못 이루고 얼마나 많은 시간을
고민하였는가 우리는
삶과 혹은 죽음에 관하여
돈과 혹은 궁핍에 관하여
쓸쓸하기도 하였고 비참하기도 하였어라 때로는

얼마나 고단한 인생인가 참 많은 날들이
눈 감으면 세상이 멈출 것 같은 적막에 휩싸여
아무에게도 말할 수 없는 슬픔으로
홀로 울어도 보았어라 우리는

그러나 각자의 별에 살고 있는 것처럼 보일지라도
당신과 나는 하나로 이어져 있다네
당신이 슬프면 나 또한 슬퍼서 가슴 아프고
당신이 외로우면 나 또한 외로운 허기진 영혼이 돼
살아가는 시간 동안에 우리는
서로 위로하고 서로 사랑하자

누구든 더 이상 삶을 탓하지 않기를
누구든 더 이상 인생을 비관하지 않기를
태어난 것만으로도 당신 충분히 자랑스러워
숨 쉬는 것만으로도 당신 충분히 고마운 존재라고
서로에게 말해주어요
우리 이 세상 살아가는 시간 동안에

# 빗방울 사랑

사랑하는 사람아
이제 기나긴 여름이 가고 가을이 왔나 봅니다
그대가 떠나고 난 빈 자리에
쓸쓸히 내리는 가을비

맨 몸으로 비를 맞아 봅니다
떨어지는 빗방울이 어쩜 이리 고울까요
당신의 투명한 마음처럼 아름답습니다

이 비가 그치기 전에 당신께 가고 싶은데
빗방울이 낙엽처럼 떨어지는 이른 아침에
외로이 그대를 그리워해봅니다

# 살짝만 안아 주실래요

며칠 전까지만 해도 온 세상이
불화로 속처럼 덥더니
이제는 새벽녘에 이불을 덥지 않으면
추워서 견딜 수가 없어요
살짝만 안아 주실래요

나 어쩌면 당신이 너무 그리워서
이렇게 오들오들 떨고 있는지도 몰라요

따끈한 아랫목보다 더 포근한
당신의 향기로운 가슴에 살포시 안기고 싶어요
오늘 눈 한 번 딱 감으시고
사랑이 그리운 가여운 나를
살짝만 안아주실 순 없을까요

당신이 아주 살짝만 안아주신대도 나는
기절할 만큼 행복할 거랍니다

# 그리운 사람에게

날 바보라고 불러도 좋아요
지난 가을 모질게 떠나신 당신을
이렇게 무던히 오래 그리워하는 걸 보고서
날 어리석다고 말해도 좋아요

하지만 당신이 보고 싶은데 어찌 하나요
당신 생각이 가슴 속에 우수수 떨어지는데
당신 얼굴만 끊임없이 떠오르는데
어찌 하나요

보고 싶지만
또 보고 싶지만
결코 만날 수 없는 당신 때문에
서럽게 아파하는 나를
가끔은 스치듯 생각해 주시겠죠

# 당신밖에 없어요

오늘 당신께 고백할 이야기가 있어요
언젠가 한 번은 꼭 하고 싶었던 이야기
나에겐 당신밖에 없어요

당신이 하시는 모든 말씀은
내게 잊혀지지 않는 사랑의 경전이 되고
당신이 행하시는 모든 일들은
내게 늘 감동과 기쁨을 주십니다

오늘 하루도 쓸쓸한 이 마음속엔
오로지 당신밖에 없어요
당신만 사랑하니까요

# 왜 이렇게 보고 싶을까요

일찍 핀 코스모스가 길가에서 배시시 미소 짓고 있어요
투명한 햇살이 오랜만에 밝게 빛나는
행복한 주말인데
왜 이렇게 보고 싶을까요

그대가 보고파서
맛있는 걸 먹어도 그 맛을 모르겠고
즐겁고 재미난 오락프로그램을 보아도
호탕한 웃음이 나오질 않아요

왜 이렇게 보고 싶을까요
왜 이렇게 그대만 생각하는 걸까요

# 그리움

이제는 당신의 얼굴이 잘 기억이 나질 않아요
내 심장을 요동치게 하였던 당신의 음성도
잘 기억이 나질 않아요

아니예요
기억나지 않는 게 아니라 차라리 그랬으면
하는 부질없는 바람이예요

사실은 나 그대의 얼굴이 또렷이 잘 생각 나요
사진보다 더 선명하게 기억이 나는 걸요
사랑해요 보고 싶어요 란 말은
너무 흔해서 쓰고 싶지 않은데
나는 지금 그대 생각에 서글피 눈물 흘리고 있어요

눈물 속에 그대 모습이 보여요
한 때 내 사랑의 전부였던 사람
그대 생각에 가슴이 찢겨지듯 아파요

# 그대의 부드러운 입술 위에

그대의 달콤하고 부드러운 입술 위에
나의 떨리는 입술을 얹고서
빗방울이 부르는 사랑의 노래를 들으려네

그대의 평화롭고 보드라운 가슴에
나의 수줍은 얼굴을 묻고
낙엽들이 색칠하는 고운 세상을 보려네

가을이 가고 또 겨울이 가고
이 시간도 영원 속으로 사라져 가겠지만
그대를 사랑하는 마음은 변하지 않으리

그대의 따사로운 숨결 속에
나는 모든 걸 맡기고 싶네
그대의 부드러운 입술 위에
나의 숨결을 온전히 적시고 싶네

# 수줍은 고백

가만히 떠올리면 내 입술에 들국화처럼 향긋한
미소가 피어나는 멋진 당신!
내가 당신을 얼마나 좋아하는지
아시는지요

하루의 90% 이상을 당신 생각으로 가득 채우고
그것도 모자라 나머지 10% 마저도 당신에 관한
것들로 송두리째 채우고 마는
내 일상의 주인인 당신

내가 당신을 얼마나 사랑하는지
내가 당신을 얼마나 그리워하는지
아시는지요
그 이름 석 자만 들어도
이내 심장이 정지한 것처럼
아득해지고 마는 이 마음을
당신께 가만히 고백하고 싶어요

# 잘 지내니

잘 지내니 보고 싶은 사람
기억 속에서 절대 떠나지 않는 사람
너무나 사랑해서 헤어진 후에도
이렇게 가슴을 아프게 하는
내 사랑
잘 지내니

오늘 아침에는 비가 내렸어
그 빗방울들이 내게는 눈물방울이었어
가슴을 때리며 떨어지는 빗소리를
들으며 너를 그리워했어

잘 지내니
어떻게 지내니
내가 널 생각하는 만큼
너도 날 생각한다면 얼마나 좋을까
너의 안부가 궁금해지면
어김없이 이렇게 눈물이 나는구나

# 이러다 내가 죽을 것 같아

호흡하는 게 너무 힘들어
한 번 숨을 들이켤 때마다
너에 대한 그리움이 밀려들어와
숨 쉬는 것도 힘겨워
이러다 내가 죽을 것 같아
죽는 건 두렵지 않지만
너를 영원히 볼 수 없을 것이기에
오늘도 나는 살아서 이렇게
너에 대한 그리움을 키워가

내게 너는 세상의 중심
이 지상에 존재하는 것들 중에
가장 아름다운 사람이었어
내가 해줄 수 있는 건
다해주고 싶었고
내가 해줄 수 없는 것도
어떻게든 해주고 싶었어
그만큼 너를 사랑했으니까

그렇지만 이제는
가까이 다가가기조차 어려운
아련한 옛사랑이 되었구나
지나가버린 과거의 사랑이라 잊어버리고 싶은데
왜 이렇게 네가 미치도록 보고플까
이러다 내가 죽을 것 같아
너무 보고 싶어서

# 가을비가 내려 내 가슴에

메마른 대지를 적시는 가을비가 내려
말라버린 꽃잎들도
시들었던 잎 새들도
가을비 속에서 생기를 되찾아 가는데
내 마음 속에 내리는 비는
갈증만 더해 줄 뿐
너에게로 향하는 내 사랑을
어떻게 제어해야 할지 모르겠어

서늘한 기운이 가슴을 훑어 내리는 가을밤
홀로 앉아 마시는 차 한 잔에
비가 내려
소나기처럼 스쳐지나갈 그런 비라면
차라리 참아낼 수도 있으련만
이 비는 영원처럼 멈추지 않고 내리고 있네
너를 향한
너만을 향한
너에게로만 향해가는

그리움의 비

비가 내려 내 가슴에
눈물의 파편처럼
네가 올 때까지 결코 그치지 않을
그런 비가 내려

# 그대가 보고 싶어요

아무리 예쁜 사람이 다가와도
아무리 멋진 사람이 지나가도
나의 마음은 흔들리지가 않아요
내 마음 속에는 오직 그대뿐이어서
그대가 이 세상에서 가장 예쁘고 멋진
사람이란 것을 내 영혼이 인식하였으므로

싱그러운 플라타너스 아래에서
서로의 눈빛을 바라다보며
아름다운 사랑을 약속했던 우리들
그 사랑이 영원할 거라 믿었었는데
엇갈린 운명은 이렇게 우리 두 사람을
갈라놓고 말았네요
어쩌면 좋을까요
그대가 보고 싶어서 살 수가 없는데

# 나는 당신을 사랑하지 않을 수 없습니다

첫눈에 반하지는 않았습니다
처음부터 이성을 잃을 만큼 당신이
마음에 들지도 않았습니다
그러나 이제는
당신 없이는 단 한순간도 살아갈 수가 없습니다

남들보다 얼굴이 뛰어나게 잘생긴 것도 아닌데
돈이 많거나 사회적 명예가 높지도 않은데
나는 당신을 사랑하지 않을 수 없습니다
왜냐하면 내 마음이 자꾸
당신에게로만 달려가고 있기 때문입니다

가을날
은은하게 온 세상을 적시는 산국화향기처럼
당신의 향기는 나를 온전히 유혹 하였습니다
나는 알면서도 그 유혹에 즐겁게 빠져 들었습니다
당신은 늘 내게 말 합니다
이제 더는 내게 마음 주지 말라고

내게는 사랑하는 사람이 있노라고

그러나 그러나 말입니다
이제 나는 당신을 사랑하는 일을
멈출 수가 없습니다
나는 당신을 사랑하지 않을 수 없습니다
내 생명이 사그라지더라도
당신을 사랑하지 않을 수 없습니다
당신 날 떠나셔도
당신 날 버리셔도

# 눈꽃으로 그대 오셨나요

보고 싶어 가슴이 이렇게 새파랗게 멍이 들었는데
사무치게 그리워 움푹 패인 두 눈에는
푸른 바다에 담겨진 물보다 더 많은 눈물이 고였는데
눈꽃으로 그대 오셨나요
간밤에 온 누리를 하얗게 수놓은 저 눈꽃이
바로 눈물 나게 그리운 그대라는 걸 알아요

오신다면 미리 연락이라도 하고 오시지 그러셨어요
오실 것이라면 매일 밤 그대 사진 보며 애끓는 나에게
미리 귀띔이라도 해주시지 그러셨어요
이렇게 눈부시게 아름다운 눈꽃으로 오실 줄 알았더라면
기나긴 겨울밤을 지새워서라도 그대를 기다렸을 것인데

이토록 홀로 아파하며 나락으로 무너져 내리는 것은
내 사랑, 보고 싶어도 영원히 볼 수 없는 그대가
오늘 내 마음에 눈꽃으로 오셨기 때문이예요
잠시 후면 다시 내 곁을 떠나실
야속한 눈꽃으로 오셨기 때문이예요

# 얼마나 사랑했으면

가을비가 겨울비처럼
차갑고 시리게 느껴지는 것은
네가 내 가슴에
애틋한 빗물 되어 내리고 있기 때문이야

얼마나 사랑했으면 이렇게 잊혀지지 않을까
세월이 흐르면 모든 기억들이 흐릿해지고
한때 열병처럼 앓았던 사랑병도 치유될 것인데
내가 너를
얼마나 많이 사랑했길래 이렇게
잊혀지지 않는 걸까

보고 싶다
한 마디 가을비 속에 힘겹게 던졌더니
메아리처럼 되돌아오고 마는 보고 싶다
얼마나 사랑했으면 오늘도 네 생각에
하루해가 저물어가는 것도 모를까
내가 너를 얼마나 뼛속 깊이 사랑했길래
이렇게 보고 싶은 마음
끝내 멈출 수가 없을까

# 사랑의 노예

내가 지닌 것은 상상력이 풍부한 머리와
온전한 몸뚱이 그게 전부이지만
그대가 원하신다면 나는 기꺼이
그대의 노예가 되어 드리겠습니다

그대가 쓸쓸하시거나 고독하시다면
그 마음 달래어줄 시
수천편이라도 지어드릴 것이고
그대가 심심하시거나 울적하시다면
삐에로 분장도 마다하지 않고 우습게 변신해
그대의 웃음을 되찾아 드리겠습니다

바라는 것은 아무 것도 없습니다
나는 그대의 노예가 되어
다만 그대 곁에 머무르고 싶을 뿐입니다
그대가 나 아닌 다른 사람과 사랑하여도
그대 행복한 모습 바라볼 수 있으므로
나는 한없이 행복할 것입니다

그대의 노예가 되어 드리겠습니다

그대가 원하시는 건 무엇이든지 해드릴 수 있는

그대가 나를 불러만 주신다면 지금이라도 달려가

그대의 귀엽고 사랑스러운 노예가 되어 드리겠습니다

# 너는 나의 모든 것

우리의 의지와는 상관없이 오게 된 이 세상
어느 날부터 시작된 나의 삶
주어진 하루하루 열심히 살아가고 싶었기에
힘겨운 일 고통스러운 일 앞에서도
좌절하지 않으려고 눈물겹게 노력했지
네가 내 앞에 나타나기 전까지는 너무 힘들었어
모든 것들이 너무나 큰 장벽이 되어
나를 감당할 수 없는 고난에 이르게 하였는데

너를 만난 후부터
나는 새로운 삶의 희망을 가지게 되었어
너의 모습 바라보는 것만으로도
어떠한 삶의 가시밭길이라도 헤쳐 나갈
힘과 용기를 얻을 수 있었어
너는 나의 모든 것
내가 지닌 가장 소중하고 고귀한 존재야
오늘도 네 생각으로 가슴 벅차게 행복했어
너는 이렇게 내게 존재만으로도 고마운 사람

살아있다는 사실만으로도 기쁨인 사람
고마워 내 사랑아
사랑해 내 사람아

오래 건강하고 행복하게 지내야해
너의 자리에서, 나 비록 멀리서 널 지켜보지만
네가 이 지상에 함께 있다는 것만으로도
나는 충분히 행복하니까
너는 나의 모든 것이니까
내 생의 모든 것이니까

# 살아서도 죽어서도 내겐 당신뿐입니다

이른 새벽에 불현듯 잠이 깨었습니다
가슴이 하염없이 시리고 허전한 것이
무언가 나를 송두리째 허물고간 느낌
그저 당신과 이별했을 뿐인데
그저 당신을 떠나보냈을 뿐인데
주체할 수 없을 정도로 눈물이 났습니다

운치 있는 10월의 가을 풍경 속에
연인들은 다정하게 거리를 수놓고 있는데
나는 홀로 코트자락에 쓸쓸함을 묶고서
낙엽들 몸을 던진 그 거리를 걸어갑니다
마치 이 길은 끝이 없는 것 같습니다
걸어도 걸어도 발걸음은 무겁고 서글퍼집니다
당신에게 들릴 것만 같아서 혼자 말해봅니다
살아서도 죽어서도 내겐 당신뿐입니다

어딘가에서 당신이 내 말을 듣고
살포시 미소 지어 주실 것만 같아서

그렇지만 당신

어디에서도 보이질 않네요

그림자조차 보이질 않습니다

이 가을이 떠나가면 이 서러운 그리움도

떠나갈까요

살아서도 죽어서도 내겐 당신뿐인데

어떻게 당신을 묻고 살아갈까요

어떻게.....

# 솜사탕처럼 달콤한 그대

쳐다보면 사르르 녹아버릴 것 같은
부드럽고 보송보송한 솜사탕처럼
달콤하고 향기로운  그대

바라보면 안 될 것 같아요
생각해서도 안 될 것 같아요
여리고 청아해서 바람만 살짝 불어도
나의 우상 그대가 날아가 버릴 것 같아요

그래도 멋지고 예쁘고 사랑스러운 걸
어쩌지요
그래도 뼈가 으스러지도록 안아주고픈 걸
정말 어쩌지요
솜사탕처럼 달콤한 내 사랑
꺼내어 생각하기조차 조심스러운
내 사랑아

그댈 입안에 넣고서
영겁의 시간을 함께하고 싶어요
내 사랑의 솜사탕
달콤하고 또 달콤한 아름다운 생명이여

# 내 발에 밟히던 저 낙엽들처럼

가로수들이 제 색깔을 잃은 나뭇잎들을
아무런 미련 없이 아침안개 낮게 깔린 지상 위로
떨구어 내고 있습니다
나는 여느 때처럼 출근길에 그 낙엽들을
밟고 있었습니다

내 발에 밟히는 저 낙엽들은 얼마나 아플까요
내 발에 밟혔던 그 무수한 낙엽들은
외마디 비명도 내지르지 못하고 으스러져 갔는데
오늘 내가 그만 내 발에 밟히던 저 낙엽들처럼
하얗게 뭉개진 마음으로 울고 있습니다

이유는 단 하나
당신이 사무치게 보고 싶기 때문에
찰라의 순간이라도 좋으니
당신 얼굴 한 번만 본다면 허물어져버린
이 마음 다시 추스릴 수 있을 텐데
내 발에 밟히던 저 낙엽들처럼
아무런 말없이
걷잡을 수 없이 헝클어진 가슴 끌어안고
홀로 흐느낄 뿐입니다

# 사랑해 사랑해 사랑해

일찍 추워진 초겨울 날씨에도 나는 춥지 않아
왜냐하면 나에겐 네가 있으니까
어떤 난로보다 따뜻하게 해주고
어떤 호빵보다 가슴 훈훈하게 해주는
내 인생의 빛 네가 있으니까
사랑해 사랑해 사랑해

너는 어쩌면 그렇게 내 마음에 쏙들까
아무리 눈을 크게 뜨고
너의 단점을 찾아보려고 해도
너는 착하고 예쁘고 겸손하고 멋져서
나는 또 너에게 다시 반하고 말아
내 영혼을 빼앗아 가버린 이 세상 유일한 사람
너를
사랑해 사랑해 사랑해

너의 귓가에 속여 주고 싶어
눈꽃처럼 흩날리는 이 목소리의 떨림을

너만 사랑하는 나
너만 생각하면 숨이 멈출 듯 행복한 내가
너에게 이렇게
사랑해 사랑해 사랑해 ......

# 그대 마음속으로 들어갈 게요

사뿐사뿐 앙증맞은 한 마리 강아지처럼
그대 마음속으로 들어갈 게요
그대 지금 많이 쓸쓸하신 거 알아요
내가 가장 존경하고 사랑하는 그대가
오늘 많이 외롭다는 거 다 알아요

그래서 내가 들어 갈려구요
가만가만 살며시 그대 마음속으로
그대는 내게 마음의 문을 열어주시면 되어요
열린 문 조심스레 젖히고 내가 들어가서
그대  눈물 말끔히 닦아주고
그대의 아픔 영원히 함께 하겠어요

단정하게 머리도 묶고 화장도 깜찍하게 해봐요
어때요 귀여운가요 예쁜가요
그대 마음속으로 들어갈 게요
세상에 하나뿐인 그대만을 위한
특별한 사랑노래를 불러 드릴 게요

그대가 잠시 미소 지을 수 있다면
나는 얼마든지 망가져도 좋아요

# 오늘도 어디선가 그대가

금방이라도 첫눈이 쏟아질 것 같은
하얀 눈밭 같은 겨울 하늘을 바라보며
생각하지 않으려 고개를 저어보았습니다
그대를 제발 떠올리지 않으려
힘껏 눈을 감아 보았습니다
눈물이 날 만큼이요
꼭 그만큼 눈을 감아 보았습니다

그렇지만
오늘도 어디선가 그대가
나를 향해 달려 나오실 것 같습니다
오늘도 어디선가 그대가
가여운 나를 위해
사랑의 세레나데를 불러주실 것만 같습니다

부질없는 희망인 것 다 알고 있어요
그대가 내게 다시 오시리라는 것은
모두 헛된 꿈인 것을 알고 있어요

그렇지만 잊혀지지 않는 것은 오직
그대 뿐
모든 기억들이 소실되어 가더라도
그대만은 절대로 내 안에서 사라지지 않을 것을
알고 있어요

사랑이란 말조차 내겐 사치
이제 그대 내 가슴에 묻었지만
언젠가 우연처럼 혹시 스쳐 지날 수 있다면
그대를 위한 내 그리움이 천년의 시간보다 길었음을
고백 할게요
나는 그대만 내 안에 허락했음을 말해 줄게요
내 사랑
보고 싶어서 심장이 멎을 것 같은
아, 눈물겨운 내 사랑아....

# 아파도 사랑합니다

산다는 건 무엇일까요
숨 쉴 수 있다는 것 말고
한 사람을 그리워 할 수 있다는 것
나는 내가 살아있음이
이렇게 고마울 수가 없습니다
비록 이렇게나 머나먼 곳에서 당신
사진이라도 보며 생각할 수 있으니까요

아프답니다
세상에 존재하는 가장 날카로운 칼날에 베인 듯
가슴이 아리고 온 몸이 죽을 만큼 아파옵니다
그래도 사랑하느냐고 묻는다면
누군가 그렇게 물어본다면
나는 한 치의 흔들림 없이 대답할 것입니다
죽을 만큼 아파도 그 사람 사랑한다고

사랑한다고
사랑하지 않으면 나는 존재할 이유가 없다고

아파도 사랑할겁니다

견딜 수 없을 만큼 아파도 당신만 사랑할겁니다

이것이 내가 살아있는 유일한 까닭이기 때문입니다

이것이 내가 살아갈 수 있는

단 하나의 이유이기 때문입니다

# 첫눈이 내리면 안아 줄게요

정말 힘겨운 나날들 잘 견뎌내 주셔서 고마워요
이제 그동안 그대가 수고하신 만큼
보석처럼 값진 열매가 열릴 거예요
우리에게는 가슴 설레는 내일이 있잖아요
지금까지 잘 헤쳐 나온 것처럼 우리
서로의 어깨를 다정하게 두드려주며
미래를 향해 가슴 벅찬 꿈을 소망해 봐요

그대가 얼마나 고생하셨는지 내가 알아요
숱한 밤을 불면으로 지새우며 힘겹게 노력해왔는지
알고 있어요 이제 곧 하얀 첫눈이 내릴 거예요
솜사탕 같은 첫눈이 온 누리에 내리면 안아 줄게요
당신 얼굴 살며시 어루만져주며 어머니의
따뜻한  품처럼 포근히 안아 줄게요

첫눈이 내릴 것 같아요
오늘 당신의 아름다운 모습 내 눈에 담고서
깨끗한 시선으로 창밖을 보아요
유리처럼 투명하고 찬란한 저 겨울 하늘
첫눈이 내리면 첫눈이 내리면
널 안아 줄 거야 혼잣말 하면서

# 천년에 한 번 꽃이 핀다면 그 꽃은 나였으면 해

길고 긴 시간 이름 지을 수 없는
숱한 시간들 속에서 너를 만나게 되었음을 감사해
첫눈이 내리고 또 첫눈이 내리고
언젠가는 우리의 머리칼도 하얗게 눈처럼 변해가겠지
너를 사랑하는 마음 아직 나는 변함이 없는데
어디에 있을까
어디에서 어떤 모습으로 지금 지내고 있을까

천년에 한 번 꽃이 핀다면 그 꽃은 나였으면 해
내가 천년 후에
한 송이 아름다운 꽃으로 환생해서
너를 품은 그윽한 향기를 광활한 우주에
향기롭게 퍼뜨려 줄 거야
천 년 전에
심장이 멈출 만큼 사랑했던 사람이 있었다고
천 년 전에
죽어서도 잊지 못할 사랑을 했노라고
꽃이 된 지금도 그 사람 보고 싶다고
천년 후에 내가 꽃이 된다면
그럴 수 있다면

# 너 떨리니 난 지금 죽을 것 같아

바람 사이로 눈꽃이 팔랑팔랑 날아다녀
이러면 안 되지 않을까
이래도 되는 걸까
두 눈 꼭 감고 너의 입술을 기다려
생애 처음으로 키스 하는 날
너 떨리니 난 지금 죽을 것 같아

너는 밤하늘 반짝반짝이는 별나라 왕자님처럼
나는 향긋한 한들한들 꽃나라 공주님처럼
반짝이며 향기롭게 키스해 볼까
이래도 되는 걸까
이렇게 우리 사랑해도 되는 걸까

너 떨리니 난 지금 금방이라도 죽을 것 같은데
사랑해
어느새 다가온 너의 보드라운 입술
아, 아스라이 멀어지는 의식이여
내 안에 네가 가득 들어와
반짝이며 빛나는 별나라 왕자님 되어서

# 겨울비를 맞으며 그대 생각했습니다

하얗게 내리던 첫눈이 이제는 슬픔을 지닌
눈물이 되어서 하늘눈동자에서 떨어집니다
비가 올 거라던 일기예보 알고 있었는데
우산을 챙기지 않고 나온 나는
겨울비를 온몸에 맞을 수밖에 없었습니다

겨울비를 맞으며 그대 생각했습니다
이렇게 차가운 비를 맞으면서도 나는
춥다는 느낌보다는 왜 아프다는 느낌이
더 강하게 드는 걸까요
빗방울들이 나의 마음을 겹겹이 두르고 내려옵니다

슬픈 것들
아픈 것들
견딜 수 없는 것들
보고 싶었다고 말하는 겨울비
이젠 잊으라고 속삭이는 겨울비
사랑한다고 그래도 너만 사랑한다고
혼자서 흐느끼는 겨울비
겨울비 속에서
나는 어느덧 그리움의 화석이 되어갑니다

# 천사처럼 아름다운 당신입니다

날개를 잃어버린 한 천사가 있었습니다
천사는 드넓은 벌판과 우거진 숲속을 헤매이며
잃어버린 날개를 찾고 있었습니다
사실은 내가 당신이 분실한 그 날개인데
당신은 잃어버린 날개가 어디 있을까
아직도 분주하게 찾고만 계십니다

천사처럼 곱고 아름다운 당신입니다
새벽별보다 깨끗하고 순결한 당신입니다
꽃잎보다 달콤하고 향기로운 당신입니다
나는 당신이 잃어버린 예쁜 날개랍니다
당신이 내게 오시면 나는 비로소
완전한 존재가 되어
저 하늘을 훨훨 날아갈 겁니다

생각만 해도 행복해지는 천사가 있습니다
그 천사는 어떤 경우에라도
자신보다는 타인을 위해 배려할 줄 알고

역경에 처한 누군가를 위해 오늘도
두 손 모아 기도해주는 착한 마음을 지녔습니다
그 천사는 바로 이 글을 읽으실 당신입니다
천사처럼 아름다운 당신
당신이 계시기에 오늘도 세상은 아름답습니다

# 겨울비 내리는 세상은 아름답구나

어떻게 하늘이 저렇게 평온할 수 있지
비가 오는데 간간이 눈발이 날리는데
겨울비 내리는 세상은 티 없이 아름답구나
네가 없는데 이렇게 세상이 고요하고
아름다워도 되는 걸까

우리의 사랑이 마침내 최후를 맞이하였는데
아무렇지도 않은 이 세상이 왜 이다지도
섭섭해 보이는지 모르겠어
우체국 가는 길 눈물이 나더라
네가 생각이 나서 그랬을까

너에게 부치지도 못할 편지를 써서
우체국까지 가서 망설이다 되돌아 왔다
어쩌면 평생 너에게 이르지 못할 내 마음
널 사랑해 지금도
겨울비 내리는 세상은 아름답구나
나도 저처럼 모든 걸 떨쳐내고 흘러내리고 싶다
그러나 너만은 버릴 수가 없음을 알아

# 함께 해주어서 고마워요

날마다 나는 당신 생각하면서 힘을 냈어요
늘 당신은 나를 따스한 시선으로 지켜봐주시고
지쳐 쓰러질 때 손 내밀어 날 일으켜주셨지요
그 시간이 벌써 5년이 흘렀네요
5살 된 귀여운 아기처럼 난 아직도 많이 부족해요
그래서 당신의 마음 모든 것을 헤아릴 수는 없겠지만
내가 할 수 있는 한 당신에게 기쁨과 위로를 드리고 싶어요

함께 해주어서 고마워요
친구보다 더 다정한 당신
가족보다 더 가까운 당신
당신이 계셨기에 나는 이렇게 성장할 수 있었어요
당신과 처음 만난 날
우리의 보금자리는 참 작고 쓸쓸한 곳이었지요
그렇지만 이젠 당신으로 인해 우리 카페는
세상에서 가장 아름다운 사랑이 넘치는 곳이 되었어요
우리가 세상에 온 건 우리의 의지가 아니었지만
이제 당신과 나는 스스로의 의지에 의해

하나가 되어 가고 있어요
이미 나는 당신의 영혼에 접속해있어요
사랑합니다
너무나 사랑하고 그립고 보고 싶습니다
고통의 시간 함께 해주신 당신
기쁨의 시간 함께 해주신 당신
참 고맙습니다

# 2부

인터넷 친구에게 · 당신 많이 사랑합니다 · 당신이 그리워질 때면 · 그대를 사랑했던 일 후회하지 않겠습니다 · 이토록 보고 싶은 그대가 · 보고 싶어 · 비가 내리면 눈물이 납니다 · 내 사랑아, 천상에서 · 사랑이여 내게 오시려거든 · 사랑아, 보고 싶다 · 너의 눈에 눈물이 맺히면 · 그대 다시 볼 수 있을까요 · 내 생의 마지막 사랑에게 · 영원히 볼 수 없어도 그대를 사랑해요 사랑의 포로 · 미안해요, 당신을 사랑했어요 · 그대 떠나시면 나는 어찌 사나요 · 사랑의 찬가 나는 천길 낭떠러지로 떨어졌습니다 · 그대는 한 송이 들국화로 오셨네요 · 그대만 사랑합니다 죽어서도 사랑할 사람 · 사랑한다는 말 한 번 못해보고 · 너무나 사랑스럽구나 · 어디에 있니 내 사랑아 · 다시 만난 사랑에게 · 아프다 네가 보고 싶어서 · 떠나시는 당신을 위해 · 비련 · 천년이 지나도 너만 사랑할게 · 겨울 애상 · 너무 예쁜 당신 · 내 사랑이 아파요 · 그래도 당신을 사랑합니다 · 나는 사랑의 바보입니다 · 너는 꽃보다 더 향긋해 · 당신은 나의 설탕 · 널 힘들게 해서 미안해 · 너 때문에 나 오늘도 살아있는데 · 슬픈 사랑

# 인터넷 친구에게

난 밤하늘의 별을 바라보는 걸 좋아해
너도 별들이 반짝일 때 가슴 설레이니

난 비 오는 날 빗방울 떨어지는 소리를 좋아해
너도 비가 내릴 때 가슴 한복판이 서늘해져 오니

난 가끔 너에게 기대고 싶다
너도 내게 아주 가끔은 자잘한 삶의 고민들
털어놓고 싶은 적 있니

우린 한 번도 만난 적 없지만 친구야
내가 즐거울 때나
네가 슬퍼할 때나
우리는 서로의 마음을 공유해왔잖아
난 너에게 해줄 수 있는 것이 적음이 안타까워
내게 마법의 지팡이가 있다면
네가 원하는 거 뭐든지 이루어지게 해주고 싶단다
가끔은 너에게 살며시 기대고 싶다
너의 향기로운 머릿결에 미끄러지듯 안기고 싶다
너의 가장 소중한 존재가 되고 싶다

# 당신 많이 사랑합니다

어두운 밤길 걸어갈 때 내 앞길 밝혀주던
믿음직스런 가로등 불빛처럼 당신은
인생의 길을 잃고 여기저기 세상을 헤매일 때
어떻게 살아야 아름답게 인생을 살아가는지
자애롭게 알려 주었습니다
당신 많이 사랑합니다

내가 당신 많이 사랑해도 될까요
나는 아직 당신에 비하면
많은 것들이 부족하고 작은 사람인데
당신을 사랑하고 좋아해도 되는지 조심스럽습니다

꿈결에 만난 천사처럼 마음씨는 온화하고
모든 행동이 내게는 삶의 경전처럼 느껴지는
나의 멋진 이상형 당신
사랑합니다 지극히 사랑하고 존경합니다
오늘도 내일도 그리고 어느 먼 훗날에도
당신을 진심으로 사랑하겠습니다
그래도 되겠지요

# 당신이 그리워질 때면

이제 혼자된 채 그리워한들 무슨 소용이 있을까요
처량하기 그지없는 이 모습이 때론
한없이 서글퍼집니다
당신을 제가 무던히도 많이 사랑했나봐요
그러기에
이토록 우리의 사랑을 떠나보내는 일이 힘겹습니다

당신이 그리워질 때면
온 몸 구석구석에 가시가 박힌 듯 저려옵니다
봄 향기 듬뿍 배인 꽃밭에 누워 있어도
주르륵 차가운 눈물이 납니다

어떻게든 잊어버리고 싶었습니다
제 기억 속에서 당신과의 행복했던 시간들을
깨끗이 도려내고 싶었습니다
그렇지만 그렇게 되질 않아요
내가 당신을 미련스럽게 지금껏 사랑하기 때문에
그렇게 쉽게 되질 않아요

당신이 그리워질 때면
몸서리치게 나는 두려워집니다
내가 당신께 무작정 달려가버릴까봐
그래서 당신을 힘들게 할까봐
오늘도 눈물로써 묻어버립니다
가여운 나의 그리움을....

# 그대를 사랑했던 일 후회하지 않겠습니다

빗방울이 가슴을 때리며 떨어지는 오후입니다
언제부터인가 소리 없이 금이 간 가슴
타고 또 타서 까만 잿더미만 쌓인
황폐한 나의 가슴 속에
아직도 선명한 영상으로 남아 있는 그대
그대를 사랑했던 일 후회하지 않겠습니다

나 비록
가슴이 갈라지고 터지어 철철 피 흘려도
나 비록
차오르는 그리움에 미친 듯 통곡하여도
그대를 사랑했던 모든 일 후회하지 않겠습니다

누군가를 진실로 사랑한다는 것은
그가 떠난 후에도
변함없이 그의 행복을 빌어주는 일

하지만 모릅니다

나 지금 후회하지 않는다 말하고 있어도
나도 모르는 내 마음 하나
보이지 않는 어느 곳에선가 가슴을 치며
후회하고 있는지

정말로 모릅니다
나 지금 그대의 행복을 빌어주고 있다고 해놓고
그대를 한없이 원망하고 탓하고 있는지

그러나
나 그대를 사랑했던 일 후회하지 않으렵니다
어금니를 사려 물고서라도 후회하려는 맘
참아 내겠습니다
그대와의 눈물 꽃처럼 슬펐던 사랑...
절대로 후회하지 않겠습니다

# 이토록 보고 싶은 그대가

허리에 통증이 느껴진 건 오래된 일이지만
그래도 참을만했습니다
심장이 미칠 듯이 뛰고 숨이 가빠왔지만
그래도 참을만했습니다
그런데 참을 수 없는 한 가지
그대가 보고 싶어지는 이 마음

약이라도 지어먹고 싶은데
그리움을 낫게 하는 약은 아직 세상에 없다네요
이토록 보고 싶은 그대가
오늘 내 꿈 속에 나오신다면 별처럼 순결한
모습으로 그대 마중 나갈 텐데요

사랑한다고 말하고 싶었는데
세상의 모든 언어를 잃어버린 사람처럼
그저 떠나시는 그대 모습 바라만 보았습니다
이토록 보고 싶은데
그대가 이토록 가슴 저리게 그리운데

견딜 수 있을까요
이 그리움이 언젠가는 멈출 수 있을까요
아, 이렇게 시리고 아픈 내 사랑아.....

# 보고 싶어

계절은 이렇듯 뜨겁고 화사한데
내 마음엔 시리고 차가운 바람만 분다
왜 그럴까...

너에게로 달려가는 그리움 때문이야
가지 말라고 발목을 붙들어도
내 마음은 너에게로만 향해 가는 걸

보고 싶어, 미칠 만큼
이별의 칼날에
처참히 찢긴 가슴 속에
창백한 그리움의 꽃잎이 흩날린다

너를 생각하며....

# 비가 내리면 눈물이 납니다

나는 참 바보스럽습니다

맑고 쾌청한 날은 한없이 명랑하고 밝은데
비만 내리면
눈물이 납니다

한 방울 흐르는 이 눈물은
당신을 향한 애틋한 그리움
또 한 방울 흐르는 이 눈물은
당신을 향한 서러운 가슴앓이

비가 내리면 눈물이 납니다
마르지 않는 샘물처럼
그대 보고파
이렇게 아프게 눈물이 납니다

# 내 사랑아, 천상에서

믿을 수가 없습니다
당신을 더 이상 볼 수 없다는 사실이
아닐 겁니다
제가 잘 못 들은 거겠죠
제가 잘 못 본 거겠죠

나에게 장미꽃처럼 환한 미소 지어주시며
삶의 의미를 일깨워주시더니
나에게 지혜로운 말씀 들려주시며
살아갈 힘을 듬뿍 건네주시더니
어찌해 이제는 당신을 볼 수 없단 말인가요

살아있는 제가 부끄럽습니다
당신처럼 아름답고 고귀한 분을
데려간 하늘이 원망스럽습니다
잊지 말아주세요
제가 당신을 진정으로 사랑했다는 것을
한 인간으로서 가슴 깊이 존경했다는 것을

내 사랑

아까운 내 사랑

부르면 눈물 나는 내 사랑

천상에서 부디 행복하세요

천상에서 못 다 이룬 꿈 부디 이루세요

눈물겨운 사랑아!

# 사랑이여 내게 오시려거든

아파하는 이에게는 치유의 기적을 주시고
슬퍼하는 이에게는 기대와 희망을 주시는
이 세상 모든 것들의 머리 위를
온화하게 밝히시는 사랑이여
그 고운 발걸음으로 내게 오시려거든

내가 나만 생각했던 이기심을 버리고
삶에 힘겨워하는 이웃에게
진심으로 내가 가진 것을 나누어 줄 수 있고
누군가 내게 용서치 못할 죄를 범하더라도
그의 인생을 가엾게 여겨 용서할 수 있고
글을 쓸 때에 화려하고 눈부신 꾸밈보다는
내 자신 안에 있는 참마음을 담아낼 수 있을 때
그 때 와주세요

사랑이여
내게 한 사람을 주시려거든
내 영혼 기꺼이 그에게 바칠 수 있을 만큼
열렬한 연모의 감정이 생기게 하여 주시고
그와 함께 하는 모든 시간들을
진실로 감사하며 살아갈 수 있게 해주세요

# 사랑아, 보고 싶다

낡은 수첩 속에서 발견한 너의 전화번호
그 번호 보자마자 눈에서 눈물이 흘렀어
그 번호 보는 순간 심장이 멎어버린 사람처럼
아무런 생각도 떠오르지 않았어

수 십 년이 지났건만 어쩌면 이렇게 너는
아직도 생생하게 기억이 나니
마치 내 곁에 있는 것처럼 너의 숨결이
이렇게 가까이에서 다정하게 들려오는 걸까

사랑아, 보고 싶다
어떤 모습으로 어느 머언 곳에서
누구와 함께 너의 일상을 꾸려가고 있을까
아직도 내 마음 속에서 잊혀지지 않는
숨막히도록 그리운 내 사랑아
눈보라 치는 겨울 하늘 아래
너와 함께 한다면 얼마나 포근할까
아직도 내 마음은 너에게로 향하는데
사랑아, 보고 싶다
참으로 눈물 나게 보고 싶다

# 너의 눈에 눈물이 맺히면

드라마를 볼 때나 영화를 볼 때
조금만 애틋한 장면이 나와도
곧잘 눈물을 떨구던 너
어린 시절부터 너는
유난히 잘 울었다고 했지

그런데 요즘 네 눈가에
삶의 슬픔이 서린 눈물이
알알이 맺혀 있더구나
어쩌면 좋니
너의 눈에 눈물이 맺히면
나의 가슴엔 안타까운 감정이
한없이 고여 오는데

네가 조금만 힘겨워 해도
나는 그런 네가 가여워서
견딜 수가 없는 것을
혼자서 겪는 아픔이라 생각하지 마

내가 있잖아

너를 위해 매일 한 편의 시를 쓴단다
너를 위해 매일 두 손 모아 기도한단다
그리고 너를 위해
이렇게 정성껏 편지를 보내
나의 이 작은 위로가
네 눈물을
잠시라도 멈추게 할 수 있을까
울지 마....

사는 게 힘들어도 결코 포기하지 마
내가 너를 위해 함께 울어줄게
내가 너의 뜨거운 눈물이 되어줄게

# 그대 다시 볼 수 있을까요

자고 나면 하루가 다르게 변해가는
나의 모습을 보면 주르륵 눈물이 납니다
산다는 건 하늘이 내린 축복일 텐데 누군가에게는
참을 수 없는 고통의 나날이 될 수도 있는 것을
왜....
나는 그 때 왜 그대를 붙잡지 못 했을까요

아픔은 점점 더 커져만 가고 있습니다
나에게 남겨진 숱한 시간의 물결들 속에서
허우적대며 몸부림치는 또 다른 내가 보입니다
그대가 보고파서요
날카로운 송곳이 찌르듯 가슴이 아려오는 것을
이리도 가슴이 처량하게 미어지는 것을
그대 다시 볼 수 있을까요

살아서
그대를 다시 이 두 눈에 담아볼 수 있을까요
한 번만이라도 그대를 볼 수 있다면

다시 그대의 천진한 미소를 바라볼 수 있다면
허망한 기대의 꽃잎이 어둠 속에서 소리 없이 떨어집니다

사랑해요
사.랑.해.요.
서글픈 나의 외침을 그대는 듣고 있나요
그대 다시 볼 수 있을까요
살아서
단 한 순간만이라도

# 내 생의 마지막 사랑에게

창백한 산안개가 이슬비 속에서
갈피를 잡지 못하고 이러 저리 휘청입니다
가슴 속 깊은 곳에서 스며 나오는 애틋한 그리움

산기슭에 쓸쓸히 떠도는 저 산안개처럼
그대 곁에 가까이 가지 못하고 홀로 서성이는
나의 마음이
오늘 아침 주체할 수 없이 서러워졌습니다

내 생의 마지막 사랑 그대,
이 세상 모든 사랑이란 말로도 다 채우지 못할
그대에게로 향하는 절절한 그리움
함께 하지 못해서 더욱 그리운가 봅니다
오래 그대 곁에 머무를 수 없었기에
이렇게도 심장이 터질 듯 아파져오나 봅니다
아름다운 그대로 인하여 잠시나마
행복을 느꼈으므로 고맙습니다
그대를 만날 수 있게 해준 하늘이 고맙습니다

내 생의 마지막 사랑이여!
오래 오래 행복하세요
삶의 험난한 여정 속에서도
그대가 소망하는 꿈의 날개를 접지마세요

그대가 흘릴 눈물들 모두 내가 대신 흘려 줄게요
아프지 말고
아파하지 말고
죽어서도 사랑할 내 사랑아

# 영원히 볼 수 없어도 그대를 사랑해요

어떤 일이 생기더라도
혹은 소설처럼 마법사가 홀연히 나타나더라도
그대를 다시 만날 수 없다는 걸 알아요
그대와 함께 다정하게 거리를 걷는다든지
그대와 함께 노을빛 물든 들판을 바라본다든지
그대와 함께 떡볶이를 먹으며 재잘거릴 수도
없다는 걸 알아요

그래서 오늘도 어김없이 야윈 두 눈에서는
눈물이 흐르네요
그치면 또다시 샘솟는 이 눈물의 깊이는
얼마나 되는지
그대를 그리워하는 만큼이겠지요
그대를 사무치게 사랑하는 그 만큼이겠지요

사랑해요
어김없이 이 세상의 시계는 과거와 현재를 이어가지만
내게는 그대와 함께한 시간들만 오롯이 존재해요

밤하늘의 맑고 순결한 별이 되신 그대이기에
오늘도 난 저 하늘을 보며 그대를 보아요
그대가 내게 미소 지으시는 것처럼
영롱하게 반짝이는 저 별빛

사랑해요
영원히 그대를 볼 수 없을지라도
흐르는 내 눈물의 깊이만큼...
그대를 지켜주지 못해서 미안해요
정말 미안해요
오늘도 혼자 그리워하는 나를 용서하세요
오늘도 혼자 미칠 만큼 그리워하다 울고 있는
못난 나를 용서해 주세요

# 사랑의 포로

포로라면 마땅히 좌절하고 고통스러워해야겠지만
나는 그대에게 생포되었는데도 행복하기만 합니다

왜냐하면 나는 사랑의 포로이기 때문입니다
그대가 시키시는 일이라면 무엇이든 하겠습니다
그대가 원하시는 일이라면 어떤 일이든 하겠습니다
언제까지나 나를 그대 곁에 매어 두십시오

먹을 것을 주지 않으셔도 좋습니다
입을 것을 주지 않으셔도 좋습니다
단 하나 원하는 건 그대의 사랑뿐입니다
가끔 그대가 사랑만 주신다면 나는 영원히
그대의 아름다운 포로가 되어 드리겠습니다

때론 가혹하게 고문하셔도 좋습니다
때론 냉정하게 무시하셔도 좋습니다
그대가 그러시더라도 나는 그대를 벗어날 수 없습니다
왜냐하면 나는 그대에게 흠뻑 반해버린
즐거운 사랑의 포로이기 때문입니다

# 미안해요, 당신을 사랑했어요

늦은 밤 캄캄한 어둠 사이로 매서운 바람이 불어오네요
어쩌면 내 가슴 속에 휘몰아치는 슬픔의 파도와
그 높이가 같을까요

처음에는 내가 당신을 사랑한다는 사실을
미처 깨닫지 못했어요
그저 존경하는 당신이려니 생각했을 뿐이예요
그러나 매일 매일 순간순간 자연스럽게
떠오르는 당신, 당신 이름 석 자

당신에게는 차마 말할 수 없었어요
내가 당신을 사랑한다는 걸
당신은 이런 나의 마음을 전혀 모르셨을 거지만
나는 당신에게 내 마음을 모두 주었던 것 같아요

미안해요, 내가 당신을 사랑하고 말았네요
처음부터 이렇게 간절히 당신을 사랑하려던 건
아니었는데
그저 존경하고 흠모하는 당신으로 가까이 하고 싶었는데

나의 지나친 관심에 당신이 멀어지셨음을 알아요

미안해요 자꾸 귀찮게 해드려서
당신을 나도 몰래 좋아하고 또 사랑해버려서
이제 그만 당신을 보내 드릴게요
내 마음이 아픈 건 괜찮아요
당신을 알고 나서 얻은 기쁨과 행복에 비하면
이 정도의 아픔은 견딜 수 있어요
오래오래 건강하시고 행복하세요
당신을 너무 많이 사랑해버려서 정말 미안해요

그렇지만 아직도 그리고 앞으로도 평생
다정하고 사랑스러운 당신을 결코 잊지는 못할 거예요
안녕...
찬란하게 아름다웠던 나의 사랑이여
내 마음 속에 영원히 간직 할게요
가슴이 찢어지더라도
영원히 슬픔의 호수에 잠기어
헤어나지 못하더라도

# 그대 떠나시면 나는 어찌 사나요

싫어졌다고 미워졌다고 차라리 말하지 그러셨어요
마지막 인사도 없이 이렇게 잊혀져야 한다는 것은
죽는 것보다 더한 고통이라는 것을 왜
그대는 모르시나요

살아 있어도
숨 쉬고 있어도
이미 나는 시들어버린 한 송이 꽃일 뿐인데
그대 떠나시면 나는 어찌 사나요
이렇게 영영 그대 다시 볼 수 없다면
나는 어찌 사나요

떨쳐내려고 발버둥쳐 보아도 아무런 소용이 없어요
잊어버리려고 거리를 헤매어보아도
더 그리워질 뿐이예요
이렇게 남은 생을 어찌 사나요
이렇게 눈물이 멈추지 않는데
죽는 것보다 더 처참한 하루하루가 될 것인데

과연 내가 살아갈 수 있을까요

그렇게 떠나실 것이면
차라리 매정하게 독하게 뒤돌아 서 가시지
왜 그토록 애틋한 눈빛으로 내게 남았던 가요
그대 떠나시면 나는 어찌 사나요
나는 그대 없이 살 용기가 없는데
나는 그대 없이 살 의지가 없는데
내 모든 것을 그대에게 이미 주어버렸는데...

# 사랑의 찬가

파아란 하늘에 티 없이 맑은 흰 구름처럼
내 마음의 호수에 싱그럽게 반짝이는
찬란한 사랑의 햇살
고운 내 사랑아

너의 순진한 눈동자를 바라보면
가슴을 짓누르던 근심 걱정 모두 사라지고
너의 감미로운 목소리를 들으면
마음을 휘감았던 슬픔의 휘장이 말끔히 걷히고
너의 포근한 가슴에 얼굴을 묻으면
그곳이 나의 유일한 천국이구나
소중한 나의 사랑아

오늘도 눈부시게 아름다운 네 모습처럼
숲속엔 꽃들의 향기가 은은히 퍼뜨려지고
어여쁘게 물든 한 그루 단풍나무처럼
내 영혼 네 사랑으로 향기롭게 채워가는구나
고귀한 나의 사랑아

평생 너만을 사랑하면서 살아도

부족할 만큼 너는 내 삶의 전부인 것을

사랑해 사랑해

저 빛나는 태양이

어둔 밤하늘 한 점 별이 되더라도

저 향긋한 국화꽃이

떨어지는 저녁놀에 새하얗게 스러져가더라도

# 나는 천길 낭떠러지로 떨어졌습니다

가을의 시작을 알리는 귀뚜라미 울음소리가
아련히 귓가에 들려오는 이토록 아름다운 시간
나는 천 길 낭떠러지로 떨어졌습니다
아무것도 걸치지 않고 벌거벗은 몸으로
절벽 아래로 까마득히 추락하고 말았습니다

이렇게 덧없이 추락하고 있는 까닭은
사랑하는 당신을
내 품에서 떠나 보내야했기 때문입니다
피와 살을 도려내어 주더라도 결코 바꿀 수 없는
당신이었는데
그런 당신이 다른 이를 사랑한다 하셨습니다

내가 아닌 다른 사람을 사랑한다는 말에
순식간에 억장이 무너져 내리고 말았습니다
차갑게 식어가는 나의 영혼은
살아있는 주검이 되어가고 말았습니다

당신만 사랑해야 하는 내 운명을
어떤 방법으로도 피할 수가 없었습니다
내 사랑은 당신으로 인해 찬란하게 시작되었고
또한 당신으로 인해 슬프게 끝나갈 것입니다

나는 천 길 낭떠러지에 떨어졌습니다
이곳은 너무나 외롭고 쓸쓸합니다
당신만 곁에 계시다면 죽음조차 두렵지 않을 텐데
이곳은 너무나 고독하고 스산합니다

# 그대는 한 송이 들국화로 오셨네요

푸른 물감으로 색칠한 가을하늘 아래에서
홀로 들판을 거닐어 봅니다
살아있음이 눈물겨워지는 날
아무도 없는 빈 들판에 서서
내 안에 고이 간직한 그대를
꺼내어 보았습니다
여전히 아름답네요
여전히 사랑스럽네요
그리고 여전히 보고 싶어지네요

발목을 간지르는 들국화 한 송이
보랏빛 얼굴에 쓸쓸한 미소가 가득합니다
그대는 한 송이 들국화로 피었네요
아찔한 향기로 나의 영혼을 혼란에 빠뜨리는
아름답고 고결한 들국화로 환생하셨네요

이제 살아서는 다시는 그대를 볼 수 없겠지만
저 푸르른 가을 하늘 어디에선가

그대의 목소리가 어렴풋이 들려오는 것 같아
가슴이 먹먹해 집니다
그대가 보고 싶으면
들국화를 볼 게요
그대의 체취가 느끼고 싶을 때면
은은한 들국화 향기를 맡아 볼게요

그대는 한 송이 다정한 들국화로
오늘 내게 오셨네요
오늘 내 마음에 찾아 오셨네요

# 그대만 사랑합니다

난 항상 그래왔습니다
꽃도 한 가지만 좋아하지 않고
들국화, 장미, 코스모스 이렇게 여러 가지 꽃을 좋아하고
음식도 한 가지만 좋아하지 않고
김치찌개, 라면, 김밥 이렇게 여러 가지 음식을 좋아하고
계절도 한 계절만 좋아하지 않고
가을, 겨울 이렇게 최소한 한 가지 이상을 좋아했습니다

심지어 책을 읽는 것도
시집도 좋고 소설도 좋고 자기계발서를 좋아해서
이걸 읽을까 저걸 읽을까
때론 고민하기도 하였습니다
그런데....

누군가를 좋아하는 것은
신기하게도 단 한 사람만 좋아하고 그립습니다
바로 그대만 생각하면 심장이 요동치고
가슴이 설레여서 마치 소녀처럼 수줍어집니다

나는 그대만 사랑합니다

이 사람도 좋고 저 사람도 좋아야
내 평소 성격과 일치할 텐데
왜 나는 그대만 사랑할까요
나는 왜 그대만 그리워하고 밤마다 그로인해
바보처럼 눈물 짓고 있는 걸까요
세상에서 단 한 사람 그대만 좋아하는 나는
오늘도 그대만 일편단심 그리워합니다
그대만 죽도록 사랑하니까
그냥 그냥 그대가 좋으니까.....

# 죽어서도 사랑할 사람

낙엽의 향기처럼 어렴풋한 과거 속으로
우리의 사랑은 잊혀져 가는 것 같지만
이 가을이 지나면 가슴시린 겨울이 오듯이
이별 후에는 또 다른 사랑이 찾아 올 거라지만
나는 당신 한 사람만 생각하고 있습니다

이 목숨이 살아 있는 동안에도
당신을 간절히 그리워하고
내 영혼이 해묵은 육신을 떠나
우주의 한 점 무명의 별이 되어도
당신을 사랑할 것입니다

죽어서도 사랑할 사람아
지금 어디에서 무엇을 하십니까
보고 싶고 그리운 마음
어찌 말로다 표현 할 수 있을런지요
내가 세상에 온 건 당신을 만나기 위해서인데

살아 있어서 더욱 그리운 사람
당신 생각에 오늘도 아득해집니다
얼마나 더 아파야 당신을 다시
만날 수 있을까요
죽어서도 사랑하고 싶은 사람아
죽어서도 그리워할 사람아

# 사랑한다는 말 한 번 못해보고

멀리서 그대를 조심스레 바라만 보았습니다
혹시라도 가까이에서 그대와 마주치면
폭발해버릴 것 같은 내 심장소리
그대에게 들릴까봐 나도 몰래 뒷걸음질 쳤습니다

그대는 내가 다가가기에는 너무나 눈부시고
영롱하고 찬란한 존재였기에
그대 모습 가끔 볼 수 있다는 것만으로도
나는 진심으로 행복했습니다
그러나 어느 날 그대가 영원히 돌아올 수 없는 곳으로
홀연히 떠나셨다는 걸 알았습니다
하늘이 무너진다는 말보다 더 가슴이 무너져 내렸습니다

사랑한다는 말 한 번 못해보고
그대를 이렇게 보내야 한답니다
사랑한다는 말 한 번 못해봤는데
이제 그대를 가슴에 영영 묻어야 한답니다
나는 참혹한 이 현실을 받아들일 수가 없었습니다

우리는 모두 다 언젠가 이 세상을 떠나야하지만

그대가 나의 곁을 떠나가시리라고는 생각지도 못했기에

이 슬픔은 멈추지 않고 격해져만 갑니다

사랑합니다, 사랑합니다

미치도록 미칠 만큼 사랑합니다

차마 보낼 수 없는 내 사람

그대만 사랑합니다

온 몸에 활화산처럼 돋아나는 이 그리움의 열꽃

사랑한다는 말 한 번 못해보고 떠나보낸

그대를 향해 눈물 되어 소스라치게 피었나 봅니다

# 너무나 사랑스럽구나

한 떨기 꽃보다 더 아름다운 너의 얼굴
한 그루 나무보다 더 우아한 너의 자태
너무나 사랑스럽구나, 너

숲속에 고고하게 핀 백합보다 더
들녘에 잔잔하게 흔들리는 억새풀보다 더
고결하고
분위기 있는
너는 정말 사랑스럽구나

내가 아프다고 하지 않아도
내 아픔 미리 알고서 따뜻한 위로 건네주는
내가 슬프다고 하지 않아도
내 슬픔 미리 알고서 손잡아
가슴 애틋한 정을 건네주는
너 참 사랑스럽구나

너를 꼬옥 껴안아 주고 싶다

네가 숨이 막혀서 그만 풀어달라고 할 때까지

어여쁘고 순수한 너

눈물겹게 마음씨 고운 너

내게 와주어서 정말 고마운 너

너무나 사랑스럽구나

너, 너무나 사랑스럽고 그립구나

# 어디에 있니 내 사랑아

흐린 가을하늘을 바라다보니

눈물 같은 빗방울 떨어져

슬며시 야윈 나의 얼굴을 적시고

추워서 꺼낸  외투에서는 너의 흔적처럼

하얀 보프라기가 나를 보며 글썽이네

어디에 있니 내 사랑아

어디에 그렇게 꼭꼭 숨어 있길래

이 마음 이리도 천 갈래 만 갈래 찢어지게 하니


나밖에 모르던 너

나만 사랑한다던 너

나 아닌 다른 사람에게는 눈길조차 주지 않던 너

그런 너였지만  경솔한 내 행동들로

너에게 상처를 주었어

그렇게 좋은 사람이었는데

두 번 다시 너처럼 나를 사랑해줄 사람

만나진 못하겠지

어디에 있니

죽을 만큼 사랑했던 나의 연인아

심장에 아로새겨진 아름다운 네 모습

한순간도 잊혀지지 않아

보고 싶어

사랑해

어디에 있니 내 사랑아

아무리 불러보아도 대답이 없는

아프고 서글픈 나의 사랑아

# 다시 만난 사랑에게

천사의 날개에서 떨어져 내리는 하얀 깃털
꽃잎 같은 첫눈이 켜켜이 쌓인 그 해 겨울
세상의 모든 것을 얻은 것처럼 황홀했던
당신과의 첫 입맞춤은 결코 잊을 수 없었습니다

무정하고 잔혹한 운명의 칼날은
당신과 나를 모진 칼끝으로 갈라놓았지만
운명보다 더 강한 우리 두 사람의 인연은
이렇게 기적처럼 서로를 만나게 하였습니다

당신을 내 목숨보다 더 아끼고 사랑하였건만
스스로의 생각만으로 이별 아닌 이별을 하였습니다
그 날 이후로 나는 단 하루도 당신을
내 생각의 페이지에서 지우지 않았습니다
당신을 좋아했던 그 만큼
당신을 사랑했던 그 만큼
당신과의 이별의 시간은 더 아프고 고통스러웠습니다

하늘도 그런 나의 간절한 그리움을 읽으셨나봅니다
당신을 다시 만나다니요
당신을 이렇게 다시 볼 수 있다니요
마치 꿈을 꾸는 듯 믿기지 않고 가슴이 뭉클해집니다
이제 당신을 절대 떠나보내지 않겠습니다

첫눈처럼 티없이 순수하고 해맑은 영혼
국화꽃처럼 끝없이 향기롭고 고결한 사람
숨 막히도록 아름답고 소중한 당신
당신이 슬플 때나 기쁠 때나 괴로울 때나
또는 벼랑 끝에 선 듯 고독할 때
그 곁에 내가 있겠습니다
당신께서 허락해주신다면
남은 생애 당신을 위하여 살아도 후회하지 않겠습니다

당신을 다시 만나다니요
이렇게 고운 당신을
이렇게 사랑스러운 당신을

# 아프다 네가 보고 싶어서

어디에서 어떻게 살아가고 있을까
너무나 사랑했기에 잊기조차 두려운
살얼음처럼 아스라한 너,
이렇게 뼈가 시리도록 추운 겨울이 오면
하얀 눈 어김없이 지상 위에 내리듯
가슴 속에 찾아오는 너와의 아련한 추억들

지금 아프다
금방이라도 죽을 만큼 나 지금 아프다
네가 보고 싶어서
얼어붙은 강물도 내 마음 보다는
덜 차갑겠지
떠나가는 철새들도 내 마음 보다는
덜 쓸쓸하겠지

보고 싶은데 어떻게 견뎌낼까
겨울밤은 야속하게 길기도 하여라
눈물이 눈꽃이 되어 숲속에 떨어질 때까지

나는 울고 있겠지
네가 보고 싶어서
아프다
나 지금 너무 아프다
무작정 네가 보고 싶어서

# 떠나시는 당신을 위해

오랜 시간 고마웠습니다
홀로임이 견딜 수 없을 때 어김없이
내 곁에 자상하고 배려 깊은 당신이 계셨고
폭풍우 같은 시련이 날 휘감아 올 때
내 곁에 바위처럼 한결같은 당신이 계셨습니다

정말 고마웠습니다
늘 받기만 하고 제대로 된 거 하나 주지도 못한
나이기에 당신이 이제 떠나시려 하여도
용기 내어 붙잡을 수가 없습니다
나보다 더 당신을 위해주고 아껴줄 사람에게
보내야만 합니다

그러나 내가 인생의 비탈길에서 힘겨워 할 때
의지하고 기대었던 당신을 떠나보내기에는
아직은 이른가봅니다
당신 절대 보낼 수가 없을 것 같아요
당신 끝내 보낼 수가 없을 것 같아요

떠나시는 당신을 위해
마지막으로 당신의 행복을 기도합니다
당신 부디 행복하세요
이 세상에서 가장 행복한 사람이 되셔야 해요

혼자서 소리죽여 울었는데
세상은 온통 통곡의 바다입니다
당신 떠나시는 날 나는 숨이 멎을 것 같습니다
이제 나는 당신 없이 살아가야 한답니다
이렇게 울보인 내가
건들면 눈꽃처럼 허물어져버릴 가여운 영혼이...

# 비련

애당초 사랑하지 말 걸 그랬다
뒤돌아서 보니
이렇게 후회되고 허무하기만 한 날들
쓰레기처럼 버려진 내 마음들이
겨울 바다에 절벽처럼 하얗게 부서져 내린다

미친 듯 너를 갖고 말 걸 그랬다
제대로 된 입맞춤 한 번 못해 본 시간들
자꾸 떠올려 본들 무슨 소용 있으랴
거미줄처럼 기억의 공간을 켜켜이 채워오는
처연한 저 사랑의 기억들

이제 잊자
그래 잊자
주문 같은 혼잣말에도 이제 진저리가 난다
잊혀져야 하는 것은 네가 아니라
내가 아닐까
아무래도 한 사람을 떨구어 내지 못하는

어리석은 나를 잊어주어야 할 것 같은데

바람이 차다
눈 내리는 벌판에 가서 뒹굴고 싶다
너와 함께 거닐던 그 들녘엔 곧 첫눈이 오겠다
내 숨결에 피처럼 붉은 그리움 드리울 때

# 천년이 지나도 너만 사랑할게

빛바랜 채 시들어버린 길 가의 국화꽃을 보니
울컥 눈물이 날 뻔 했다
세상에서 가장 향기롭던 저 꽃이
이제 누구도 거들떠보지 않는 슬픈 꽃이 되어
마치 나처럼 마치 우리의 옛 추억처럼
찬 겨울바람에 파르르 떨고 있었다

그래 모든 것들이 그러하지
세상에 태어난 순간 이미 우리는
점점 소멸되어가고 있었던 거야
누구도 피할 수 없는 생명들의 마지막
존재의 덧없음 앞에서 하염없이 눈물이 흐른다

그런데 나는 너를 천년이 지나도 잊지 못할 거야
그런데 나는 너를 만년이 지나도 지우지 않을 거야
너만 사랑하니까
죽음보다 더 강렬한 이 사랑
천년이 지나도 너만 사랑할게
너는 내 운명을 바꿔놓은 치명적인 존재이니까

# 겨울 애상

하늘에서 하얀 슬픔들이 쏟아져 내려
사람들은 그걸 보고 반가운 첫 눈이래
거리에 쓸쓸한 기운이 가득해
사람들은 그걸 보고 이제 겨울이래
나는 첫눈도 계절이 바뀌는 것도 몰라

그냥 하루 종일 네가 보고 싶어서 눈물이 나와
어린애도 아니고 다 큰 사람이 이리 울면
안되겠는데 내가 도대체 왜 이러지
울지 말자 다짐해보지만 3초도 되지 않아
또 다시 눈물이 힘없이 나와

이제 많이 추워졌구나
겨울만 되면 감기에 잘 걸리던 너
아프지 말아야 할 텐데
가까이 갈 수 없으니 애만 타는구나
따뜻한 차 한 잔도 제대로 마실 수가 없어
네가 모락모락 생각나서
너와 함께 마시던 차가 떠올라서
오늘도 그냥 눈물이 나
너를 사랑해서 너를 잊지 못해서

# 너무 예쁜 당신

어제도 오늘도 마치 우울증 걸린 사람처럼 슬펐어요
하얗게 쏟아지는 햇살도 귀찮았고
귓볼을 살짝 건드리는 바람도 거슬렸고
모든 것들이 다 나를 외면하는 것 같았는데
너무 예쁜 당신
당신을 보면 어느새 그 어둡고 칙칙했던 감정들이
눈 녹듯이 사라지고 말아요

항상 주머니 속에 넣고 다니면서 꺼내보고픈
너무 예쁜 당신
내 영혼의 자양강장제
내 삶의 비타민 너무 예쁜 당신
고마워요
나에게 다시 일어날 용기를 주신 당신
나에게 다시 살아갈 희망을 주신 당신

너무 예쁜 당신
사랑해요

당신으로 인해 나는 오늘도 내일도 행복할 거예요
슬픔, 우울함, 괴로움 모두 이겨내고 말 거예요
너무 예쁜 당신이 날 지켜봐주고 위로해주니까
누가 당신보다 더 예쁠까요

너무 예쁜 당신
너무 사랑스러운 당신
그 존재만으로도 눈물겨운 사람
그 이름만 들어도 가슴 찡해지는 사람
바로 당신
너무 예쁜 당신이예요

# 내 사랑이 아파요

많이 힘들어 했나요
나 때문에 그대가 남몰래 눈물지었다니
아무것도 아닌 나 때문에 그대가 힘겨워했다니
내가 아파했던 건 그대 아픔에 비하면
티끌처럼 작은 고통일 뿐이예요

이제 그대 내 안에서 보내 드릴게요
결코 놓치고 싶지 않은 사람이지만
우리의 인연이 여기서 모질게 끊어져야만
그대가 행복해질 수 있을 것 같아요
지금 그대 곁에 있는 다른 사람
그 사람 사랑해주세요 나보다 더

내 사랑이 아파요
홀로 많이 힘들어 하겠지요
하늘을 수놓는 저 새하얀 눈꽃송이처럼
내 마음을 가득 채우는 이 아련한 슬픔
그대 사랑했던 기억을 놓치 못하는 내가

오늘도 창가에 기대어 그대 그리워하고 있어요

내 사랑이 너무 아파서요

내 사랑이 이토록 아파서요

# 그래도 당신을 사랑합니다

당신 오늘 촉촉이 젖은 눈빛으로 내게 말했죠
안녕 이제 우리 그만 만나자
믿을 수 없었어요 그 말을
차라리 내 귀를 막아버리고 싶었어요

돌아서는 발걸음에 피눈물이 고여왔던 걸
당신은 아마 모르시겠지요
이것이 마지막이란 말 비수처럼 내 가슴
찔러왔지만 아프지 않은 척 잘 가라 하던
나는 이미 예전의 내가 아닌 걸 모르셨겠지요

그래도 당신을 사랑합니다
이별의 아픔을 건네주신 당신이지만
당신 사랑하는 게 이젠 크나큰 고통일 뿐이지만
그래도 나는 당신을 사랑합니다
나는 당신 만난 순간부터 이미 당신의 사람
당신 아닌 사람은 그 누구도 받아들이지 않을 것
아니 사랑할 수 없음을 아니까요
그래서 당신을 끝없이 사랑합니다

# 나는 사랑의 바보입니다

순정만화의 여주인공처럼 내가 이렇게
슬픈 사랑의 등장인물이 될 줄은 몰랐습니다
이렇게 홀로 애처롭게 앉아 그대 그리워하다니
하나에서 열까지 모두 다 내 잘못입니다

미안했어요 그대에게 잘 해주지 못해서
좀 더 나를 버리고 그대를 위해
노력해야 했는데 이제와 생각해보면
온통 후회스러운 기억들 뿐입니다
지금 그대 생각에 가슴 아파하는 나는
분명히 바보입니다

평강공주도 구제 못할 바보가 틀림없습니다
그래도 그대를 잊고 싶지 않은데 어떻게 하죠
차라리 세상에서 가장 못난 바보가 되어도
그대를 보물처럼 내 안에 끌어안고서 남은 생애
그렇게 살아가렵니다
아직도 그대를 목숨만큼 사랑하니까
아직도 여전히 뜨겁게 그대를 사랑하니까

# 너는 꽃보다 더 향긋해

꽃잎이 하늬바람에 하늘하늘 떨어지면
마음을 사로잡는 그 향기 아름답지만
너에게서 스며 나오는 자애로운 향기에
어찌 비할 수 있을까

너는 꽃보다 더 향긋해
신이 창조하신 가장 아름다운 꽃
세상에 피어난 가장 향기로운 꽃
바로 내가 사랑하는 너야

네 곁에 가까이 가면 한 번도 맡아보지 못한
천상의 향기가 나서 나는 늘 어지러워
그래도 너처럼 고운영혼을 지닌 사람과
함께 할 수 있다는 것
나에겐 너무나 큰 축복임을 알아
꽃보다 더 향긋한 사람
너는 내가 발견한 생의 최고의 꽃
오늘도 네가 있음으로 나는 감사해
나보다 늘 더 행복하고 건강하렴
방금 보고도 또 보고픈 내 사랑아

# 당신은 나의 설탕

맛있는 붕어빵이 달지 않고 짭짤하다면 어떨까요
따끈한 호떡이 달지 않고 시고 맵다면 어떨까요
붕어빵과 호떡에 적절하게 들어가는 설탕
꼭 필요한 존재, 당신은 나의 설탕
당신 생각 1초도 안했지만 금세 내 영혼에는
밝고 환한 햇살이 비추어요

당신은 설탕처럼 내 우울한 가슴 데워준 사람
오늘도 귀엽고 사랑스러운 눈웃음으로
나의 쌓인 피로 한꺼번에 없애주는
당신은 아카시아 꿀보다 달콤한 설탕
내 영혼의 소중한 오아시스예요

나는 당신이 행여 녹을까 오늘도 조심조심
당신에게 전화 한 번 거는 것도 망설이지만
내가 필요할 때는 아낌없이
지닌 것 모두 내어주시는
나의 설탕 당신이기에 한없이 행복해요
당신은 나의 설탕
하얗게 빛나는 나의 달콤한 천사예요

# 널 힘들게 해서 미안해

온 세상이 하얗게 변하도록 함박눈이 내리고 있어
움츠러드는 몸은 겨울의 추위 때문이 아님을
자꾸만 젖어드는 눈시울은 너에 대한 그리움 때문인 걸
저 지극히 순진하게 쏟아지는 눈발은 알고 있을까

그동안 너에게 받은 사랑 고맙다
나는 너에게 그 반의 반도 잘해주지 못했기에
매일 눈 뜨고 숨 쉬는 순간마다 안타깝고 미안해
너는 나에게 사랑 그 이상의 것을 주었어

어떻게 이 사랑을 너에게 전해줄까
우리의 만남, 우리의 사랑
그 모든 것들이 이제는 부질없는 것이었다고 해도
너를 향한 내 마음은 누구도 부정할 수 없는
오롯이 진실한 사랑이었는데
사랑해주어서 고맙고
널 힘들게 해서 미안해
나를 만나지 않았더라면

나를 사랑하지 않았더라면
네가 이처럼 이별로 인해 아파하지 않았을 것을

입천장에 파고드는 생선가시처럼
내 영혼의 급소를 찌르고 마는
아, 그리운 그리운 내 사람아
힘들게 해서 미안해
더 아름답게 사랑해주지 못해서
정말 미안해

# 너 때문에 나 오늘도 살아있는데

어둠이 걷히고 밝아오는 오늘은 아직도
앞이 보이지 않는 암흑 속이야
내게는 보이는 모든 것들이 너의 모습이라서
하나에서 열까지 온통 너와 관련된 생각들만
이렇게 끊임없이 떠오르고 있어서
아무리 태양이 수 억 개의 햇살을 내뿜으며 떠올라도
나는 빛 한 점 없는 쓸쓸한 세계일 뿐

그런 것을
네가 없는 하루는 살아서도 죽음을 맛보는
절망보다 더 큰 아픔인 것을
사랑아, 보고 싶다
가슴이 찢어져 이제는 더 찢어지고
더 흐를 눈물마저 없구나
더 통곡할 슬픔마저 잃어버렸다
네가 아니면 다시 네가 돌아오지 않는다면
어찌할 수 없는 이 서글픈 그리움

보고 싶다

사랑아

어디에 어디에 있니

어떻게 어떻게 사니

보고 싶다

너 때문에 나 오늘도 살아있는데

혹시나 너 볼 수 있을까 하면서

실낱같은 목숨 붙들고 겨우 살아가는데

이렇게라도 널 기다려야 하는 나를 알고 있니

# 슬픈 사랑

한 사람을 나의 전부를 바쳐 사랑했습니다
꿈속에서 그대는 늘 나와 함께
행복한 드라마의 주인공이었고
깨어있는 시간에도 내 가슴 가장 양지바른 곳에는
그대가 온화한 미소 머금고 머물러 계셨습니다

한 순간도 그대와 내가 헤어진다거나
또는 이별한다는 것을 떠올려 본적이 없었습니다
그래서 그런가봅니다
그대 떠나시고 나서 좀처럼 제대로 된
삶을 살아갈 수가 없음이
문 밖을 나서면 눈물 반 슬픔 반으로 온통
이 세상이 까맣게 덧칠해져 있음이

사랑하다가 사랑 못하면
남은 한 사람은 이렇게 생살이 조각나는 아픔을
겪어내야 하나 봅니다
심장을 뒤흔드는 슬픈 사랑으로 인해

끊을 수 없는 목숨 붙들고 이렇게 살아가지만
나는 오늘도 억장이 무너지는 슬픔과
눈물로 얼룩진 그리움에 기대어 힘겹게 지탱합니다

언젠가는 사랑스런 그대 모습 볼 수 있겠지
어느 맑은 날 길에서 우연히 만날 수라도 있겠지
슬픈 전설처럼 이루어질 수 없는 소망을 품고서

# 3부

미친 그리움 · 고맙습니다, 당신 · 보고 싶고 그리워도 말 못해요 · 처음부터 사랑했던 거야 · 사랑아, 난 괜찮아 · 오늘 밤 내 꿈속에 당신 오세요 · 보고 싶다, 사랑한다 · 내 마음 속에 머무는 당신 · 자꾸 보고 싶은데 어떻게 하니 · 그대, 슬픔에 겨운 나를 안아주세요 · 당신을 만나러 이 세상에 왔어요 · 흐린 하늘에 너의 얼굴이 보여 · 봄이면 생각나는 사람이 있습니다 · 사랑아, 아프다 하지 마라 · 봄비처럼 그대 내 가슴에 내립니다 · 나 이제 다시 사랑하지 않으리 · 보고 싶어서 죽을 것 같다 · 비원 · 단 한 순간이라도 그대 보고 싶어요 · 인생은 아름다워요 · 심장에 새겨진 사랑 1 · 견딜 수가 없습니다 · 심장에 새겨진 사랑 2 · 심장에 새겨진 사랑 3 · 심장에 새겨진 사랑 4 · 산다는 것 · 시 쓰는 여자 · 고독이 나를 부른다 · 슬픔쯤이야 · 삶의 길목에서 · 절대 고독 · 이토록 아름다운 세상에 · 꽃잎처럼 향기롭게 살고 싶다 · 당신 보고 싶어 울고 있어요 · 아직도 그대를 사랑하고 있는데 · 좋은 사람 · 나, 죽어서라도 당신 사랑하겠습니다 · 내가 네가 될 수 있다면 · 소중한 사람 · 벚 꽃잎 떨어져 내리더라

# 미친 그리움

겨울 거리는 쓸쓸하고 그래서 더 눈물 났습니다
아무도 나에게 안부를 묻지 않는 황량한 거리
누구에게라도 모든 걸 털어놓고
큰 소리로 통곡해도 먹먹한 이 가슴은
속 시원히 풀어지지 않을 듯한데

미친 그리움이 오늘도 나를 미치게 합니다
제 멋대로
제 하고픈 대로
그리움은 나를 무참히 유린하다가 껍데기만 남기고
어둠 속에 팽개쳐버리고 사라져버립니다
이래도 사랑하는데
그대를 사랑하고 있는데

이것은 전생의 어떤 질긴 인연이 있었기에
가능한 일일까요
보고 싶다 그만 해라
만나고 싶다 그만 해라

머리를 풀어 헤친 미친 그리움

미치도록 보고픈 한 사람

내가 더 이상 내가 아닌 것 같은 생각의 늪

모두 그대를 향한 꺼지지 않는 그리움 때문입니다

# 고맙습니다, 당신

힘난한 인생길 살아가면서 당신처럼
타인을 배려하는 따뜻한 마음씨를 지닌 사람
끝내 만나지 못했다면
내 삶은 한없이 피폐하고 쓸쓸했을 것입니다

꽃처럼 하얗게 내리는 눈발 속에 서서
살아온 날들과 앞으로 살아갈 날들에게
내 자신 정말 모든 것이 부족해보이고 미완의
존재임을 느꼈습니다

아직은 인생을 다 이해했다고 하기에는
부족하지만 당신으로 인해
삶의 아름다운 것들을 바라볼 수 있는
향기로운 혜안을 지니게 되었음을
작은 것 하나에도 진심으로 감사할 수 있는
사랑의 마음을 되찾을 수 있었음을 고백합니다

고맙습니다, 당신

당신이 계셔서 나는 오늘도 한 번 더 웃습니다

당신으로 인해 슬픔과 좌절이 밀물처럼 밀려와도

다시 희망과 꿈을 되찾아 오늘의 삶을

기꺼이 살아갈 수 있게 되었습니다

정말 고맙습니다

사랑하는 당신

# 보고 싶고 그리워도 말 못해요

한 걸음에 달려가 그대에게 말하고 싶습니다
너무 보고 싶었다고
혈관을 타고 흐르는 검붉은 그리움 때문에
지난 밤 너무 아팠다고
아파서 숨을 쉴 수가 없어 죽은 듯이
그렇게 홀로 눈물 흘렸다고 말하고 싶습니다

그러나
그러나 또 한없이 바보 같은 이 사랑은
아무런 말 한마디 해보지 못하고
멀리서 이렇게 그대와의 추억을 헤아리며
가슴앓이 합니다

내가 아직도 그대를 사랑하고 있다고 말하면
그대 마음 아파하실 것 같아서요
내가 아직도 그대를 그리워하고 있다고 말하면
그대 내게 미안해하실 것 같아서요
보고 싶고 그리워도 말 못해요
사랑하고 그리워도 차마 말 못해요

# 처음부터 사랑했던 거야

사람이 살아간다는 건 밥을 먹고 잠을 자는 것뿐일까
무엇을 위해 우리들은 이렇게 온종일 종종걸음으로
하루를 쉼 없이 지내는 것일까
나에게는 모든 것들의 마지막 지향점이 너였구나
그래서 이렇게 네 생각하면 아직도 아프다

처음부터 사랑했던 거야
사실은 내가 너를 처음부터 너무나 사랑했던 거야
좋아했다 라던가
마음에 들었다 라던가 하지 말자
그래 나는 너를 처음 본 순간부터 사랑하고 말았던 거야

어린아이들의 새벽별처럼 투명한 눈망울처럼
내 사랑 너는 한없이 순수하고 맑은 영혼이었어
너를 볼 때면 내 마음은 너무나 행복하고 편안했어
언제나 자신의 꿈을 향해 최선을 다하던 너
어떠한 고난이 와도 꺾이지 않던 강인한 너의 의지
난 그런 모든 것들을 사랑했던 거야

이제 그런 너를 잊어야만 하는 거니

이제 내가 그런 너를 지워야만 하는 거니

안 돼 그럴 수 없어

처음부터 사랑한 너, 누군가를 처음부터 사랑한다는 건

그건 죽음조차 갈라놓을 수 없는 운명적 사랑이니까

나는 너를 영원히 사랑할 거야

처음에 그랬던 것처럼

처음에 사랑했던 그 마음 그대로

# 사랑아, 난 괜찮아

겨울의 세계를 새하얗게 색칠하며 쏟아지는 눈송이들
바람에 외로운 겨울의 기침 소리가 들려와
감기에 걸린 건 나인데
왜 이 겨울이 저리 아파 보이지
생각하며 할수록 그리운 사람
한 때는 내 인생의 전부였던 사랑아

사랑아, 난 괜찮아
내가 조금만 아파도 어쩔 줄 몰라 하며 걱정하더니
너에게 내가 해준 게 무엇일까
하나 둘 떠올려 봐도 난 네게 잘 해준 게 없어
미안해 오늘도 너는 저 하늘의 빛나는 별이 되어
세상을 지그시 내려다보고 있구나

더 사랑해주지 못해서 미안해
더 아껴주지 못해서 미안해
사랑아, 난 괜찮아
내 걱정 하지 말고 네가 있는 그 곳에서

부디 아무런 슬픔 없이 행복하렴
네가 행복하면 난 그걸로 만족해
너를 둘러싼 모든 것들이 너에게 위안이 되기를

# 오늘 밤 내 꿈속에 당신 오세요

참 고요하고 맑은 겨울 밤하늘이네요
오늘도 하루가 눈 깜짝할 사이에 저물었어요
사실 오늘 제가 좀 아팠답니다
식상한 말 당신이 보고 싶어서 아팠다고 하진 않을 게요
그냥 당신 생각나고 기운이 없고 아팠어요

야윈 내 어깨를 어루만져주며 힘내라고 말해주신 당신
언제나 믿음직스러운 나의 왕자님
내가 당신 많이 좋아하고 있다는 거 아세요
오늘 밤 내 꿈속에 당신 오세요
감추어 두었던 나의 속마음 다 보여 드릴 게요
사랑한다고
사랑한다고
당신의 귓가에 가만가만 속삭여 줄게요

꼭 오셔야 해요
오늘 밤 내 꿈속에 당신 오세요
당신이 오실 때까지 꿈나라 별 궁전에서

기다릴 거예요 아름다운 숙녀처럼 조신한 모습으로
사랑한다고
사랑한다고
당신의 향기로운 머리칼 사이로
달콤한 입맞춤의 세례를 해드릴 거예요
오늘 밤 내 꿈속에 당신 꼭 오세요

# 보고 싶다, 사랑한다

긴 시간 보고 싶어서 너무 고통스러웠어
너와의 이별은 내겐 세상의 종말처럼 충격이었기에
한번만 만나달라고 부탁하고 싶지만
알아 이젠 너를 보내주어야 한다는 것을

더 이상 붙잡을 수도 없다는 슬픈 사실을
너무나 잘 알고 있어
그렇지만 내 마음 이렇게 모질게 너만을
애타게 그리워하고 있구나
바보가 바보인 줄 모르는 것처럼
나는 사랑에 아파도 아픈 줄 몰라

보고 싶다, 사랑한다
미치겠다, 그리워서
한 번만 단 한 번만이라도
너의 다정한 두 눈을 바라보고 싶다
이렇게 햇살 따뜻하게 가슴 덥혀오는 날이면
네가 더 보고 싶어지는 걸 어떻게 하지
처참하게 무너지는 이 마음을 어떻게 감당하지

# 내 마음 속에 머무는 당신

그 곁을 스쳐 지나가기만 했을 뿐인데
매혹적인 향기로 취하게 하는 장미꽃처럼
당신은 내 마음 속 향기로운 정원의 꽃
늘 고운 시선으로 나를 응시하며
외로울 때 고독할 때 친구가 되어 주시네요

내 마음 속에 머무는 당신
오늘도 변함없이 내 마음 속에 머물러 계실
사랑하는 당신 지금이라도 당신에게 달려가서
따뜻한 당신 품에 안기고 싶어요
당신과 별이 떨어지는 새벽녘까지 포옹하고 싶어요

어쩌면 당신은 그렇게 인자하신지요
어쩌면 당신은 그렇게 포근하신지요
하지만 당신과 마주앉으면 나는 한없이 작아져요
그래서 좋아한다는 표현도 못하고 말아요
다행이지요
그래도 내 마음 속에 머무는 당신이 계시니까요
용기 내어 한 번쯤 고백하고 싶어요
많이 사랑하고 있다고...

왜 사랑했을까 - 3부

# 자꾸 보고 싶은데 어떻게 하니

별이 밤하늘을 떠나서는 존재할 수 없듯이
나는 너를 떠나서는 온전히 살아갈 수 없나봐
늘 허기진 마음에 그리움이 가득 차오르거든

아득하게 멀어져버린 너와의 첫 만남
얼마나 가슴 설레였는지 아니
너를 처음 만나던 그 날
잊을 수 없던 모든 기억들
자꾸 보고 싶은데 어떻게 하니
나를 사랑에 빠지게 한 네가....
너무나 아름다운 글로 나를 사로잡은 너
귀공자보다 더 멋지던 너의 모습
잊혀지지 않아

그 날이 처음이자 마지막 만남이었기에
이렇게 오랜 시간이 흘렀어도 자꾸만
생각이 나는 걸 어떻게 하면 좋을까
너와의 첫 키스에 와르르 무너져 내리던 내 마음

너무나 황홀했기에 그 순간을 견딜 수 없었던
연약한 나의 마음이었어

보고 싶어 사랑아
사랑한다 보고 싶다
이렇게 간절히 네가 생각이 나네
지금은 다른 사람이 너의 곁에 있구나
그러기에 나는 멀리서 네가 행복하길 바랄 뿐
하지만 보고 싶다
자꾸 보고 싶은데 어떻게 하니
너와 키스하고 싶고 너와 사랑하고 싶은데
어떻게 하니

# 그대, 슬픔에 겨운 나를 안아주세요

조금만 있으면 새싹이 돋아나고 아지랑이 피어오르는
잔잔한 초록의 향연이 펼쳐지는 봄이 되겠지요
모두들 가슴 두근거리며 봄을 기다려요
나도 그래요 나도 마음의 봄이 오기를 기다려요
눈물이 어느 순간 갑자기 쏟아져 흘러서 깜짝 놀라고
시선이 마주치는 모든 것들이 내게
서늘한 슬픔의 입맞춤을 건네주고 있어요

그대, 슬픔에 겨운 나를 안아 주세요
휘청거리는 내 마음 기댈 곳 그대 뿐이예요
나를 아껴주고 위로해주는 사람
오직 그대 뿐이예요
그대에게 안겨서 엉엉 울어도 될까요
삶이 아직도 내 곁에서 비수를 꽂고 있지만
다시 일어설 수 있는 힘을 주시는 그대 생각하며
오늘도 작은 용기를 가져요
내가 더 이상 쓰러지지 않도록
내가 더 이상 지쳐가지 않도록

내가 더 이상 불의에 대하여 굴복하지 않도록

그리고 내가 그대만을 바라보고 사랑할 수 있도록

그대, 나를 살며시 안아 주세요

마치 천상에 이른 듯 꿈처럼 행복해질 수 있도록

# 당신을 만나러 이 세상에 왔어요

하얗게 흩날리는 눈꽃이 유리창 밖에서
즐겁게 웃으며 내리는 오늘은
내가 이 세상에 온 날이예요
벌써 꽃들은 꽃망울을 터뜨리기도 하는
봄 같은 이 마지막 겨울에 내가 왔어요
지상의 모든 것들에게 눈인사 지으며
삶을 허락하신 신께 감사기도 드려요

아름다운 세상 신비로운 삶
볼 것도 들을 것도 배울 것도 너무 많아요
나는 왜 이 세상에 왔을까요
바로 당신을 만나러 왔어요
당신과의 짜릿한 입맞춤을 잊을 수가 없어요
영혼이 마비되는 것 같은 아득한 순간
보고 싶은 당신
나, 당신을 만나러 이생을 선택했어요
다음 생이나 그 전 생애에서는 당신과 엇갈릴까봐
사랑하는 당신 꼭 내 사람 만들고 싶어서

오늘 당신을 만나러 이 세상에 왔어요
축하한다고 말씀 안 해주셔도 괜찮아요
당신이 건강하시고 늘 평안하시다면
그걸로 가장 고귀한 선물이 되니까요
당신 자체가 내겐 황금보다 가치 있는 존재이니까요

# 흐린 하늘에 너의 얼굴이 보여

개나리 꽃잎 같은 날씨가 지속되던 하늘에
며칠 전에는 뜬금없이 하얀 눈이 펑펑 내리더라
마치 내 마음 속에 네가 슬픈 그리움이 되어
빗물처럼 하염없이 흘러내리는 것처럼
흐린 하늘에 너의 얼굴이 보여

오늘은 금방이라도 비가 쏟아질 것 같은데
내 눈에서 눈물이 넘쳐흐를 것 같은데
하늘가에 보고 싶은 너의 얼굴이 있네
내 눈동자 속에 그리운 너의 미소가 있네
얼마나 사무치게 그리운 너인데
오늘 너 저 하늘에 무심히 있구나

가까이 갈 수도 없는 저 흐린 하늘을
그저 바라보기만 해야 하니
이렇게 멀리서 너를 그저 생각만 하고 있어야 하니
놓치고 싶지 않은 이 시간이 흘러간다
지금 이 순간 함께 하고 싶은 사람

바로 너란 것을

흐린 하늘에 미소 짓고 있는 너는 알고 있을까

보고 싶어...

# 봄이면 생각나는 사람이 있습니다

핏방울처럼 붉은 철쭉이 산야에 피었을 때
내 가슴에도 숨막힐 듯 정열적인 사랑이 피었습니다
숨결 하나 하나에서도 기품이 느껴지던 사람
말을 하지 않아도 온 몸에서 풍기던 자애로움
내 마음을 송두리째 빼앗아간 그런 사람이었습니다

봄처럼 얼어붙었던 나를 천천히 녹여 주었던 사람
세상에 절망하여 슬픔에 빠져서 차갑게 식은 나를
따뜻한 손길로 어루만져 주어서 온기를 되찾게 해준
봄이면 봄보다 더 빨리 생각나는 사람이 있습니다

다시 이렇게 세상엔 봄이 오는 소리로 술렁입니다
화사하게 단장한 사람들이 봄을 마중 나갑니다
나는 이렇게 당신 생각하면서 홀로 아파하는데요
봄이면 더 생각나고 봄이면 더 보고 싶은
당신 때문에 가슴이 새까맣게 타버려 재가 되었는데요

이 봄에도 나는 당신 볼 수 없겠지요

이 봄이 절정에 이르러가도 다신 볼 수 없겠지요
봄이면 생각나는 사람이 있습니다
여름이 와도 가을이 와도 겨울이 와도 아무렇지 않더니
아, 봄만 되면 미치도록 그리워지는 한 사람이 있습니다

# 사랑아, 아프다 하지 마라

너를 만나기 위해 영원보다 더 긴 시간을
간절히 기다려 왔었다면 믿을 수 있겠니
찢겨진 꽃잎처럼 나 이제 처참히 버려졌지만
어금니를 사려 물고서 이렇게 견디잖니
내 앞에서 네가 아프다 하다니
네가 흘리는 눈물에 억장이 무너져 내리고 말아

사랑아, 아프다 하지 마라
노을도 제 아픔을 감추고 저렇게 사라져 가는데
이슬도 제 슬픔을 지우고 저렇게 메말라 가는데
그 사람 보고 싶다는 말 입 안에 유폐된 지 오래
나도 아프다 차마 말하지 못하겠는데
사랑아 너 참아야 하지 않겠니

내가 가야할 길 너에게 축복을 바라진 않아
그렇지만
그 사람에게는 영원한 행복과 안정을 주렴
사랑아, 내게 눈물을 보이지 말아라

나도 사람이거든

나도 눈물 나거든

우리 두 사람 너에게 미안해 할 거야

아름답게 끝까지 지켜주지 못해서

그래서 미안해 사랑아

# 봄비처럼 그대 내 가슴에 내립니다

초록향기 머금은 정원에 봄비가 내리고 있습니다
새싹들은 저마다 여린 솜털을 감추느라 아우성입니다
봄비가 내리면 나는 왜 이렇게 설레일까요
그대가 유난히 생각이 나는 저 봄비의 속삭임

봄비가 속삭입니다
보고 싶었어 라고
내 사랑아 잘 지냈니 라고
그대 목소리가 틀림없는 것 같습니다
지난 밤 너무나 보고 싶어 내 눈에 이슬 맺히게 한
바로 그대가 처연하게 오시고 있나 봅니다

회색빛 하늘에서 봄비가 꿈결처럼 부드럽게 내립니다
세상의 모든 것들에게 사랑을 전해주는 저 몸짓
내게는 그대가 봄비보다 더 감미롭게 내립니다
포근하고 보드랍고 잔잔하고 애틋하게
그대 봄비처럼 오늘 내 가슴에 내리고 있습니다

# 나 이제 다시 사랑하지 않으리

눈물로 실을 뽑아 옷 한 벌 만들어도 남을 만큼
가슴을 치고 맴도는 이별의 여운에 처참히
무너져 내려버린 아, 이 연약한 영혼
나 이제 다시 사랑하지 않으리

유혹하지 말아라, 사랑아
너의 붉은 입술에 나 더 이상 입 맞추지 않으리
심장 가득 피보다 더 진한 그리움의 수액이 흐르지만
다시는 그 사람보다 더 사랑할 사람 없을 것을..

나 이제 다시 사랑하지 않으리
수많은 밤 그리움으로 혼자만의 추억을 만들어도
아무도 찾아오지 않을 쓸쓸함의 폐허가 되더라도
나 이제 다시는 사랑이란 헛된 꿈에 빠지지 않으리
그 사람 보다 더 사랑할 사람 내 생애 없으니
그 사람 만큼 내 마음 소용돌이치게 할 사람 없으리니

# 보고 싶어서 죽을 것 같다

눈에 띄는 모든 것들은 바로 너
귀에 들리는 모든 소리도 바로 너
아무리 잊고자 하여도 더 생각나는 사람
내가 얼마나 더 괴로워야 널 만날 수 있을까
보고 싶어서 죽을 것 같다
가슴이 쓰리고 아려와서 미칠 것 같다

연분홍 꽃잎 지천으로 깔린 봄 길에는
행복에 겨운 사람들이 걱정없이 걸어가는데
난 옛 생각에 하염없이 눈시울 적시며
봄에 피어난 차가운 눈사람이 되었구나
왜 자꾸만 생각나니
보고 싶어서 죽을 것 같은 사람아

네가 지금 어디에 있는지조차 모르는
난 널 사랑할 자격조차 없겠지
그렇지만 견딜 수가 없음을 어찌해
살과 뼈가 으스러지는 아픔이 순간순간

온몸을 모질게 파고들어 오는구나
보고 싶어서 죽을 것 같다
한 순간도 참을 수 없는 이 잔인한 사랑
차라리 세상이 이대로 멈추었으면

# 비원

감기에 걸린 것처럼 열이 나고 아팠습니다
그것은 그러나 그대 마음 속 아픔에 비하면
아무 것도 아닌 것
그대가 혼자 남몰래 눈물 흘리시는 걸 보았거든요
어떤 슬픈 일이 있었길래 그렇게 나에게도
털어놓지 않으시고 혼자 삭히셨을까

세상엔 착한 사람을 아프게 하는
가슴이 차가운 사람들이 많습니다
그대에게 상처를 준 그 사람들이겠지요
나는 그대의 눈물을 보면 견딜 수가 없습니다

제발
아름다운 그대 눈가에 눈물 고이지 않기를
누가 그대의 순결한 영혼에 파문을 일으키나요
어떻게 하면 그대가 다시 웃음을 되찾을 수 있을까
나를 사랑하신다면
그대 눈물보다는 햇살 같은 미소를 지어 주세요

이제 그 어떤 고난이 다가와도 의연하게 대처해주실 거죠

여기 이렇게 그대가 행복하길 바라고 있는
한 사람이 있음을 잊지 말아요
그대가 눈물 흘리시면 나는 가슴이 무너지니까
차라리 내가 그 눈물의 주인공이 되고 싶어지니까
심장이 떨리고 견딜 수 없으니까

내 핏방울 같은 그대 눈물
내 핏방울 같은 그대 눈물방울
내 핏방울 같은 그대 눈물방울들
다시는 그대에게 그런 슬픔이 없기를 기도해요

# 단 한 순간이라도 그대 보고 싶어요

찬란했던 사랑이 지듯 꽃잎이 지는 계절
가슴에 묻힌 그대 생각에 오늘도 편할 수가 없어요
저기 하염없이 떨어져 내리는 봄의 꽃잎들에게 물어요
너희도 나처럼 아프니
너희도 나처럼 그 사람 보고 싶어
소리죽여 울고 있는 거니
너희도 나처럼 그 사람 만나러 영원 속으로
무작정 추락하고 있는 거니

그러나 꽃잎들은 아무런 대답이 없어요
봄의 절정에서 힘없이 무너져 내리는 꽃들처럼
사랑의 절정에서 놓쳐버린 내 전부였던 그대
그대를 쉽게 잊을 수가 없어서 힘에 겨워요
바람이 불면 또 다시 남은 꽃잎들이 지겠지요
세월이 흐르면 덧없이 쇠락해버릴 내 마음처럼

단 한 순간이라도 좋으니
그대 보고 싶어요

이것이 욕심이라면 신이시여
나의 쓸쓸한 육신을 천상으로 데려 가세요
어떻게 그 사람을 잊어야 하는지 알 수 없어요
너무나 보고 싶어서 눈물만 흐르는 걸요
안 될까요 한 순간만이라도 어떻게 안 될까요
이렇게 잊혀지지 않는 것을 보면

그 사람은 내 운명의 사랑이었던 거예요
죽어서도 잊지 못할 내 사랑이었던 거예요

# 인생은 아름다워요

처음 만난 당신의 모습은 어찌 그렇게 아름다운가요
한 떨기 장미꽃처럼 화사하게 지상에 피어있는 당신
그래요 그렇게 천사처럼 환하게 웃어요
지금 처한 환경이 아무리 열악하더라도
당신의 빛나는 미소 한 번이면
그 어떤 고통스러운 기억이라도 사라지게 할 거예요

인생은 아름다워요
언제까지 그렇게 슬퍼할 건가요
우리의 꿈들이 어서 일어나라고 하네요
단 한 번 주어진 우리의 생명에게 감사한다면
당신과 나 어떤 어려운 일이 있더라도
포기하고 주저앉지 말아요

비록 몸과 몸을 맞대고
서로를 위로해줄 수는 없지만
나에게 당신은 최고의 위안이며
나는 당신에게 최선의 위로가 되어 주어요

인생은 아름다워요
당신이 이 세상에 존재하는 한
내가 이 세상에 숨 쉬고 있는 한
우리들의 찬란한 삶을 위해 다시 미소 지어요

# 심장에 새겨진 사랑 1

낡은 시간 속에 눈물겨운 기억을 이끌고
걸어가는 가냘픈 한 여자
초췌한 얼굴에 메마른 몸에 묻어있는 슬픔
그 슬픔의 근원지는 당신이었는가
심장에 선명하게 새겨진 사랑
단 하나의 믿음과 서러운 그리움

보고 싶으면 눈물 흘리면 된다고
만나고 싶으면 가슴을 헤집어 뜯으면
그렇게 하면 된다고 내가 나에게
전하는 아리고 쓸쓸한 위로여!

그리운 또 그리운 바람이 분다,
심장에 새겨진 사랑아
혹시 당신 그 바람에 힘겨워질까봐
살며시 안아보는 눈물로 피어난 당신 모습
더 깊이 새겨져서 영원히 지워지지 말아라
심장에 새겨진 내 사랑아

보고 싶어도 홀로 그리워할 수밖에 없는

온 몸의 피가 다 말라버려도 심장에

아로새겨진 당신은 끊임없이 내 영혼을 휘돌아

내가 존재하는 한 결코 잊혀지지 않으리

한 순간도 멈추지 않는 심장처럼

한 순간도 멈출 수 없는 그리움의 끝

이토록 사랑한 당신이기에

# 견딜 수가 없습니다

세차게 쏟아지던 어제의 싸늘한 빗줄기는
오늘 내 눈물의 시작이었나 봅니다
하늘은 쾌청하고 찬란한데
왜 이렇게 가슴이 젖은 채 나는 눈물지을까요
보고 싶어서 견딜 수가 없습니다

숨이 막혀서 금방이라도 질식할 것 같은
그리움, 그리움, 그리움...
단 한 번의 인사도 하지 못하고
영원히 당신과 나 이렇게 헤어진 채
이 삶을 끝내야만 하는 건가요

순수하고 영롱했던 우리 사랑의 기억들은
아직도 찬란하게 밤하늘에 별처럼 빛나요
풀꽃처럼 푸르렀던 당신의 싱그러운 미소는
내 영혼의 절반을 슬픔에 잠기게 한 채
결코 잊혀지지 않아요

보고 싶어서 견딜 수가 없습니다
조금만 더 보고 싶어지면
정말 숨이 멎어버릴 것 같습니다
얼마나 사랑하고 있냐구요
당신이 뼈저리게 보고 싶은  이 만큼
얼마나 보고 싶냐구요
당신을 눈물겹게 사랑하는  이 만큼

더 이상 그리워하지 않겠노라고 혼자 다짐했지만
쏟아져 흐르는 회한의 눈물 주체할 수 없듯이
당신을 향하여 달려가는 내 마음
어찌할 수 없습니다
그래서 더 눈물 납니다
그래서 더 슬퍼집니다
보고 싶어서 견딜 수가 없습니다

# 심장에 새겨진 사랑 2

사람들은 사랑을 하지
예쁜 사랑, 눈물겨운 사랑
그리고 잊혀지지 않는 사랑
또 심장에 새겨진 사랑
내게는 심장에 새겨진 사랑이 있어

바로 너의 모든 것들이 아로새겨진 사랑
그 흔적, 그 아픔
그렇지만 네 생각으로 하루가 행복해지는 것
그건 비길 수 없는 기쁨임을 알아

사랑한다고 말할까 저 허공을 향해
비록 나의 혼잣말은 뿔뿔이 흩어져 사라져 갈 테지만
너만 사랑했고 너만 사랑하고 있는 이 마음은
지금쯤 너에게 전해지겠지
한 번만이라도 네 품에 안길 수 있다면 얼마나 좋을까

심장에 새겨진 사랑아

사람들은 사랑을 하지
예쁜 사랑, 눈물겨운 사랑
그리고 잊혀지지 않는 사랑
또 심장에 새겨진 사랑
내게는 심장에 새겨진 사랑
바로 네가 있어

# 심장에 새겨진 사랑 3

늦은 밤까지 잠 못 이루다가 겨우 잠들었는데
이른 새벽
심장을 찌르는 극심한 통증에 잠이 깨었어
무엇일까
무엇일까
왜 이렇게 갑자기 심장이 아프지?
가만히 들여다본 내 심장 속에
맑은 눈동자로 나를 바라보는 너

네가 있었구나
그렇게도 보고 싶었던 네가
그렇게도 그리웠던 네가
나의 심장에 아로새겨져 있었구나
반가워야 하는데 웃어야 하는데
난 왜 이렇게 눈물이 흐를까

다시 한 번 들여다봐도
여전히 내 심장에 선명하게 새겨진 너를

가슴을 쓸어 올리며 눈물을 삼키며
한없이 바라 본다
이렇게 오래오래 함께 하고 싶구나
내 심장 속에 이렇게라도 머물러 주겠니
살아서도 죽어서도 널 영원히 사랑할게
심장에 새겨진 나의 사랑,
나의 사랑아

# 심장에 새겨진 사랑 4

꽃잎이 지는 계절의 비탈길에서 홀로 바라보는 하늘
눈부신 오월이 햇살과 구름의 틈바구니에서 까무러친다
그래, 괜찮아질 거야 혼잣말하면서 지내온 시간
아무렇지 않을 거라던 친구들의 말은 더 이상 내게
어울리지 않는 위로임을 알아

심장은 왜 이렇게 뜨거운 걸까
너를 생각하면 더 많이 더 빨리 요동치는 내 심장
고운 폐혈관을 찢어버리고 폭포수처럼 쏟아져 흐르는 그리움
사랑한다고 말하고 싶었지만 결국 이렇게
넌 심장에 새겨진 채 영원히 침묵하고 있구나

캐낼수록 더 늘어나는 이 집착과도 같은 사랑
잊지도 못하고 버리지도 못하고 서성거리는 마음
사랑해, 사랑해 천년동안 속삭여도 모자랄 텐데
너는 내 심장에서 무엇을 하니, 대답도 없이
반짝이는 눈망울로 나를 바라보며 웃어주지도 않고

# 산다는 것

오늘 내가 살아 있다고
살아 있다 단언할 수 있을까
저 뜰에 나뭇잎들 돌풍에 휩쓸려
맥없이 추락하듯
나 또한 언제 어디서
죽음에게 덜미를 잡혀
끌려갈지도 모르는데
내가 지금
숨쉬고, 생각하고, 시 한 편을
쓴다고 해서
나를 살아 있다 규정할 수 있을까
끊임없이 샘솟는 존재의 서글픔

바람은 다시금 창문을 두드리고
나는 두 귀로 그 소리를
창문이 흔들리는 소리
꽃잎이 재잘거리는 소리
별들이 가만히 속삭이는 소리를

듣지만, 그렇다고 내가
살아 있다 말할 수 있을까

산다는 것이 지겨워
죽음을 그리워하다가도
죽음이 소름 돋치게 두려워
다시 살아남길 갈구하는
이 부끄러운 집착이여!
그래도
목숨이 싱그럽게 붙어 있는 한
나는 살아야겠다
살아야겠다

# 시 쓰는 여자

시 쓰는 여자를 보셨습니까

시를 쓰기 위하여 그 여자 껍데기를 벗습니다
고스란히 드러나는 앙상한 나신
빈약한 젖가슴 사이에 채 이름을 얻지 못한
시어들이 말라붙어 있습니다 껍데기를 벗지 않고서는
시를 쓸 수가 없다는 것을 여자는 언제부터
알았을까요 살갗을 뚫고 미완의 언어들이
하나, 둘 날아오릅니다 헝클어진 머리칼을 늘어뜨리고서
은하수 건너가던 별빛의 꼬리를 붙잡아 모니터 속에
가둡니다 팔딱거리는 별과 알몸의 그녀가 엉킵니다
침묵의 십자가를 지고 언어의 성전에 엎드려 있습니다
시 쓰는 여자는 오직 시만 쓰기 위하여 살아 있는 걸까요
검푸른 시의 질곡 속으로 온 몸을 던지면서도 비명조차
내지르지 않는 그녀,
자판기에 뚝뚝 핏방울 같은 낱말들을 떨굽니다
고스란히 벗겨진 그녀의 영혼 위로 분분히 흩날리는
生의 슬픔, 슬픔이 하나의 시가 되기 위하여

기꺼이 자신의 눈물을 바칩니다

시 쓰는 여자를 보셨습니까
가만히 귀 기울여 보면 그 낮고 서글픈 울음소리가
아득히 들리는 듯 합니다

# 고독이 나를 부른다

고독이 나를 부른다. 무애의 천상에서
이제 막 내려선 별빛 같은 싱싱한 고독이
낡고 피폐한 나의 영혼을 향하여 자꾸만
유혹의 눈짓을 보낸다. 고독이 나를 부른다
사위는 고요하고 햇살은 정수리를 찌르는데
밝음의 정점에서 태양은 이리저리 몸을
뒤척이고 있는데 홀로 앉아 있어도 내가
나를 잊어버릴 만큼 쓸쓸해져 오는 이 시간
고독이, 가만히 은근하게 나를 부른다

펼쳐진 시집 위로 낭만과 행복의 언어들이
드러누워 저희들끼리 웃음꽃을 피우고 나의
시선의 끝엔 눈물방울만 그렁그렁 맺혀 있고
시가 더 이상 시가 아니게 보이는, 아름다움을
이해하지 못할 정도로 감정이 고갈되는 이 시간
고독이 나를...부른다
아, 이 유혹을 어찌 피할까
저 감미로운 달콤한 부름에 전신이 요동치고

마음은 이미 저만큼 고독을 따라 나서고 있으니
나를 부르는 고독이 오늘따라 퍽 얄미워 보이는 건
내가 고독을 수용할 만큼 철저히 외롭지 않은
까닭일까

# 슬픔쯤이야

감당할 수 없는 슬픔이 불현듯 앞을 가로막아도
무릎 꺾고 쓰러지지 않겠습니다
상처쯤이야
이까짓 상처쯤이야 하며
가벼운 미소 싱긋 지으며 다시금
꿋꿋이 일어나겠습니다

슬픔이 나의 두 눈에
멈추지 않는 눈물을 안겨주어도
그 눈물에 내 마음 다 흘려보내지 않겠습니다

한 번 왔다 한 번은 떠나야하는
이 덧없는 생의 여정에서
슬픔쯤이야
이까짓 슬픔쯤이야 하며
툴툴 털고 일어서겠습니다

사랑하는 이여!

당신의 가슴에 어느 날 슬픔이 찾아오거든
나에게 오세요
당신과 나
비록 서로 부족한 사람들이지만
마주보며 서로의 눈물 닦아줄 수 있다면
슬픔쯤이야
거뜬히 이겨낼 수 있겠죠

주체할 수 없는 슬픔 속에서도
사랑하는 마음만 있다면
용서하는 마음만 있다면
감사하는 마음만 있다면
슬픔쯤이야....

# 삶의 길목에서

지탱해온 모든 것들이 흔들리기 시작할 때
내 인생이 어떤 위기감이 느껴지는 때
지금 나는 혼돈의 시간 속에 서있다
되돌아보는 시간 속에
서있는 과거의 나는 왜 저리도 애처로울까
살아가는 나날들이
참으로 덧없어지는 이 순간
내 작은 소망 하나 있다면
나에게 맡기어진 천명 다하며

타인들에게 상처 주지 않고
그들의 삶 속에
아름다운 마음으로 머무르고 싶은 바람이다

마음이 울적해지려 할 땐
창문을 열어 하늘이라도 봐야겠다
끝없이 펼쳐진 저 무한한 하늘과 같이
내 가슴 속에

드넓은 우주를 생성 시켜야겠다

슬픔 혹은 아픔  외로움 고독 증오
이름 없는 성단에 고이 묻어 두고
사랑 행복  기쁨 소망 용서 이해 평화
별처럼 띄워
나의 우주를 풍요롭게 채워야겠다

# 절대 고독

심장이
뛴다...
보이지 않는 아득한 거리에서
심장이 뛰는 동안 살아 있는가
나는

무절제한 고독이 엄습해 온다
치한처럼......
가슴을 훑고 지나가는 서늘한 기운
술 한 잔쯤 할 수 있다면
내 영혼의 반쪽을 떼어놓고
미친 듯 취하고 싶다

태어나면서 어쩔 수 없이 지니게 된
이 지독한 감수성
별빛 자락에도 몸서리치게 전율했던
눈부신 예민함을 기반으로 나는
진정 절대고독을 맛보았는가

손끝이 떨려오고 시야가 흐려온다
그래 이만큼이다
고독이란 것은 늘 이만큼에서 되돌아갔다
절대고독 너도 별 수 있는가
조금만 견디면 되겠지
아주 조금만 더 아파하면 되겠지

# 이토록 아름다운 세상에

이른 새벽 눈을 뜨면
나에게 주어진 하루가 있음을 감사하렵니다

밥과 몇 가지 반찬 풍성한 식탁은 아니어도
오늘 내가 허기를 달랠 수 있는
한 끼 식사를 할 수 있음을 감사하렵니다
누군가 나에게 경우에 맞지 않게 행동할 지라도
그 사람으로 인하여 나 자신을

되돌아 볼 수 있음을 감사하렵니다
태양의 따스한 손길을 감사하고
바람의 싱그러운 속삭임을 감사하고
나의 마음을 풀어 한 편의 시를 쓸 수 있음을

또한 감사하렵니다
오늘 하루도 감사하는 마음으로 살아가야겠습니다
이토록 아름다운 세상에 태어났음을
커다란 축복으로 여기고 가느단 별빛 하나

소소한 빗방울 하나에서도
눈물겨운 감동과 환희를 느낄 수 있는
맑은 영혼의 내가 되어야겠습니다

# 꽃잎처럼 향기롭게 살고 싶다

피폐한 시간들이 주검처럼 떨어지는 저녁
다가올 겨울을 예비하듯 살 속을 파고드는 냉기
모든 것들이 한 순간도 쉬지 않고 변해간다
시들어가는 국화꽃에서 풍겨오는 아릿한 내음
나도 저 국화꽃처럼 마지막까지 향기롭게 살고 싶다

짓이겨져도 무한정 향기로운 꽃잎들
누군가를 지독히 미워도 하고
누군가를 간절히 사랑도 하며
우리는 자신 앞에 떨어진 삶을 살아간다
나는 그동안 얼마나 많은 사람들을 미워하고
또한 사랑했을까

첫눈이 꿈처럼 내리는 날
이제 조금은 흐릿해지는 시력으로
하얗게 쏟아지는 눈발을 바라보며
나에게 숨겨진 오만과 독선과 이기심을
부끄러워하며 조금은 더 깨끗해져 보자

비록 내가 나를 어찌할 수 없더라도
조금씩 향기로워지기 위하여
내 안에 내재되어 있던 절망과 좌절을 버리자

뭉개져도 끝까지 향기로운 꽃잎들
그 앞에서 남은 생 더 향기로워지기를
희망과 사랑이란 낱말을 가슴에 안으며
조심스레 소망해본다

# 당신 보고 싶어 울고 있어요

사랑하면 안 되는 거였어요
당신을 사랑해서는 안 되는 일이였어요
그렇지 않고서야
어찌 다정했던 운명의 여신이
우리에게 이처럼
가혹한 이별을 안겨주었을까요

당신은 내가 사랑했던 최초의 사람
모든 걸 바쳐 사랑했던 최후의 사람
뼛속을 에이는
얼음 같은 한기마저 사라지게 하는
뜨거운 이 그리움은 모두
당신만을 향해 흘러가고 있어요

당신 보고 싶어 울고 있어요
우리 정말 사랑했잖아요
서로가 곁에 없으면
견딜 수 없어서

많이 아파했잖아요
그랬던 우리가
이제 멀고먼 타인이 되어
홀로 보고 싶다 울고 있네요

사랑하면 안 되는 거였을까요
내가 당신을
사랑해서는 안 되는 일이였을까요
당신 죽을 만큼 보고 싶어
나는 울고 있어요
막막한 슬픔의 늪에 빠져서
헤어날 수가 없어요
이제 어떻게 하죠
당신 보고 싶어
하염없이 눈물만 나는데
그저 눈물만 흐르는데....

# 아직도 그대를 사랑하고 있는데

별빛은 저리도 푸르게 빛나는데
세상은 숨 막히도록 아름다운데
그대 잃은 나는 어쩌면 이렇게 초라할까요

도무지 멈출 줄 모르는 눈물은
오늘도 어김없이 빈 가슴을 차갑게 적시고
쓸쓸함에 허리가 휘도록 휘청이면서
애끓는 나의 그리움은 전부
그대만을 향하여 달려가고 있어요

아직도 그대를 사랑하고 있는데
가슴 시리도록 그리워하고 있는데
미칠 만큼 보고 싶어 하는데
갈래갈래 찢겨져 하염없이 나부끼는 이 마음
숨 쉬기조차 힘겨워요
살아가기가 너무나 버거워요

풀벌레들은 저리도 다정하게 속삭이는데

달빛은 저리도 교교히 비추이는데
주체할 수 없는 슬픔으로 가슴을 태우며
난 이 밤 홀로 울고 있어요
눈물이 마를 때까지
이 애타는 서러움이 멈출 때까지
아직도 그대를 사랑하고 있는데
아직도 그대만을 사랑하고 있는데
아, 나 아직도 나보다 그대를
더 사랑하고 있는데........

# 좋은 사람

가만히 생각해 보면 이 세상에는
좋은 사람이 너무나 많습니다
서로를 아껴주고 위하는 마음으로 살아가는
아름다운 사람들이 참으로 많습니다

그 중에서도
나에게 가장 좋은 사람은
바로 당신입니다
언제나 나의 단점보다는 장점을 찾아
아낌없이 칭찬과 격려를 해주시고
아무런 말하지 않고 곁에 있어도
당신은 이미 내 마음을 다 알고 계십니다

낡은 옷을 입고 있어도 당신 앞에서만은
부끄럽지가 않고
실패와 좌절 속에서도 당신만 떠올리면
씩씩하게 헤쳐 나갈 힘을 얻습니다
가만히 생각해 보면 나는 너무나

행복한 사람입니다
당신처럼 좋은 사람을 만나 함께 할 수 있고
사랑할 수 있고 또한
사랑받고 있으니
더 이상 부러울 것 없는 마음의 부자입니다

# 나, 죽어서라도 당신 사랑하겠습니다

시간이 머무르다 떠난 자리에서
휭하니 맴도는 쓸쓸함의 중심에서
문득 한줌 외로움이 묻어납니다

서늘한 기억의 담장 너머에서
키 큰 플라타너스처럼 해맑게
웃고 계시는 당신

어렴풋이 들려오는 따뜻하고 다정한
당신의 음성에 울컥 눈물이 솟아납니다

어느새 우리들 서로의 안부를 궁금해할 정도로
멀어져버렸습니다
까닭 없이 그대 보고파 애꿎은 손톱 끝만
버릇처럼 물어뜯던 숱한 밤들

나 죽어서라도 당신
사랑하렵니다
이미 다른 사람의 사랑이 되신 당신
내게 되돌아올 수 없는 당신
눈물겹게 사무치는 내 사랑, 당신

죽음 뒤에 펼쳐질 미지의 세상
설령 죽음이 우리의 끝이라 하여도
나는 당신 사랑하렵니다
죽어서라도 사랑하고 말겠습니다

당신
내 곁에서 한 발짝도
달아날 수 없도록
당신
내 안에서 한 걸음도
멀어질 수 없도록

살아서 못 이룰 사랑이라면
죽어서라도 당신
내 사람 만들고야 말겠습니다
모질게 다짐해보는데
왜 끝도 없이 눈물이 나는 걸까요
눈물도 이제는
내 마음을 몰라주나 봅니다

# 내가 네가 될 수 있다면

가끔 그런 생각을 해봐
내가 네가 될 수 있다면
어떨까

네가 힘들어 할 때마다
그 생각이 더욱 간절해져
네가 지쳐 보일 때마다
난 차라리
내가 너였으면 해

너의 뺨 위로 눈물이 흐르면
그 눈물만큼 난
울고 있어
그래서 좀 우습지만
그런 생각을 한단다
내가 네가 될 수 있다면
그럼 이렇게 무기력하게 앉아
애태우지도 않을텐데...

네 몸 속에 가만히 스며들어
네가 되고 싶다
너의 일부가 되고 싶다
사랑하니까
너를
사랑하니까
나는 나보다 네가 되고 싶어

네 마음속에 영원히
머무르고 싶어
네가 날 미처 발견하지 못하더라도
네가 날 끝내 외면할지라도
난 네가 되고 싶다
널 그만큼
사랑하니까....
내 자신보다
너를 더
사랑하니까...

# 소중한 사람

나에게 황금이 있다면
황금을 주고 싶고
나에게 불멸의 명약이 있다면
명약을 주고 싶고
나에게 이 세상 모두가 있다면
기꺼이 이 세상 전부를 주고 싶은 사람

한 번 볼 것 두 번 보고 싶고
두 번 볼 것 세 번 보고 싶은
보아도 보아도 물리지 않는
신비로운 매력을 지닌 사람
나에게 그렇게 소중한 사람이 있습니다
맛있는 음식을 먹으면 그 사람 생각나서
괜시리 미안해지고
좋은 옷 입고 거울을 볼 때면
그 사람에게도 멋진 옷을 사주고픈 마음이
새록새록 피어나는

장미처럼 고혹적이지 않아도
풀꽃처럼 청순하고 수수한 향기를 지닌
내겐 그렇게 소중한 사람이 있습니다
살며시 번져 오르는 입가의 초록빛 미소는
그 사람 때문입니다
가슴이 터질 듯 행복해지는 것도
그 사람 때문입니다
나에겐 지고지순히 사랑하고픈
단 한 사람이 있습니다

보아도 또 보고픈
만나도 또 만나고픈
이 세상 누구보다 아름답고 소중한 사람이 있습니다
너무도 소중하기에
차마 가까이 다가가지 못하고
가슴 저리게 그리워만 하는
그런 사람이 있습니다

# 벚 꽃잎 떨어져 내리더라

아무에게도 말하지 못했는데
너를 사랑한다는 그 말,
아무에게도 고백하지 못했는데
너를 보고 싶다는 그 말,
내 마음도 모르는 채
벚 꽃잎 떨어져 내리더라

오늘도 내가 부르고 싶은 이름은
네 이름 세 글자
오늘도 기대고 싶은 가슴은
너의 포근한 가슴
오늘도 눈물짓게 만드는 얼굴은
너의 다정한 얼굴
내 마음도 모르는 채
벚 꽃잎 떨어져 내리더라

연분홍 흐드러진 벚 꽃잎 사뿐히 밟으면
내 해묵은 그리움이 핏방울 되어 터진다
향그러운 봄날은 가고 나는 눈물짓지만
거기, 벚 꽃잎 떨어져 내리더라

# 4부

왜 너였을까 · 파도처럼 그대 내게 와요 · 사랑의 꿈 · 알 수 없어요 우리 사랑 · 사과 꽃 그대 · 내가 드릴 수 있는 건 아주 작습니다 · 사랑은 가혹한 형벌인가 봅니다 · 나였으면 좋겠습니다 · 아주 가끔은 내 생각 하니? · 하늘이 허락한 사랑 · 오늘 하루만 견디겠습니다 · 나는 사랑에 빠졌어요 · 그런 당신이 좋습니다 · 사는 게 쉬운 일은 아니겠지요 · 하루하루 그냥 살지 않아야합니다 · 나 진정 그대를 사랑했어요 · 잘 안돼요 · 사랑의 환희 · 장난이 아니야 · 너를 만나 행복해 · 그대 내 인생에 등불이 되어 · 즐거운 음악처럼 당신은 · 그대 곁에 있으면 · 어쩔 수 없습니다 · 너 떨리니 난 죽을 것 같아 · 영원한 사랑 · 당신만큼 아름다운 사람 또 있을까 · 사랑은 그렇게 옵니다 · 하루만 더 내 곁에 머물러 주세요 · 이슬처럼 꽃잎처럼 · 두 눈이 멀어도 볼 수 있습니다 · 저 별들 속에 그대 모습이 · 시간이 멈추었으면 얼마나 좋았을까 · 언제나 그대 곁에서 · 당신 앞에서는 자존심을 버렸습니다 · 그대에게 가는 길 · 늦은 밤 네가 생각나 · 사랑하기 · 네가 그리웠다 · 저 장미꽃이 울고 있습니다

# 왜 너였을까

바닷가 백사장에 수많은 모래알처럼 많은 사람들 중에
하필이면 왜 너였을까
나는 왜 너를 만나서 사랑하고 슬퍼하고 힘들어했을까
나는 왜 너를 못 잊어 이렇게 비통해하고 괴로워할까

검은 비가 비수처럼 꽂히는 창가에 서서
봄빛이 드리워진 연초록 산마루를 바라본다
우리 삶이 어떠하든 시간은 흐르고
봄은 어김없이 찾아오는구나
왜 내가 너를 사랑하였을까에 대하여
우리는 무슨 이유로 서로를 갈구했던 것인가에 대하여
홀로 많이도 울었을 거야

그래, 오늘은 못 마시는 술이지만 한 잔 해야겠다
네 생각이 멈추지 않아 숨을 쉴 수가 없으니
하필이면 수많은 사람 중에 너와 내가
서로를 그토록 원하였을까
이렇게 허무하게 끝나버릴 사랑인데
왜 너였을까
가혹한 사랑은 우리를 왜 택하였을까

# 파도처럼 그대 내게 와요

뜨거운 햇살 눈이 부시게 쏟아지지만
내 마음은 하나도 뜨겁지가 않아요
가을날 불어오는 스산한 바람의 향기로
가득찬 채 파르르 떨고 있네요

파도처럼 그대 내게 와요
하얀 물결 일으키며 내게 와요
눈물이 흐르면 함께
미소가 번지면 함께
서로의 아픔과 기쁨을 나누면서 짧은 인생
같이 걸어가고 싶어요

푸른 물결 넘실거리는 유월의 바닷가
저 먼 기억 속에서 일렁이는 파도와 하늘
다시는 돌아갈 수 없는 우리들의 추억이기에
더 가슴 아픈 그대
파도처럼 그대 내게 와요
가끔 그리워질 때면
가끔 보고파질 때면

# 사랑의 꿈

당신이 그립습니다
물안개 자욱한 호숫가에 어리는
저 별빛은 당신이 흘려두고 가신
마지막 눈빛이 아닌가요

서글픈 회한만이 내내 가슴을 칩니다
오늘 문득 펼쳐본 당신의 시작 노트에서
아득히 멀어진 당신의 고운 향기를 맡습니다

덧없는 인생에 신기루 같은 삶이지만
나에게 이렇게 아름다운 사랑의 꿈을
꾸게 하셨으니
당신은 내겐 운명보다 더 간절한 사랑입니다

사랑해
사랑해
오늘도 어리석은 바보처럼 되 뇌이지만
당신은 들을 수 없겠지요

그래도 이 꿈에서 머무르겠습니다

모든 사랑이 이 세상에서
그 자취를 감추더라도.....

# 알 수 없어요 우리 사랑


알 수 없어요
분명히 서로 사랑하고 있는 것 같긴 한데
직접 만나면 그런 표현을 하지 않아요

그래서 내가 그대를 사랑하고 있는지
그대가 나를 사랑하고 있는지
도무지 알 수가 없어요

나는 그대만 하루 내내 생각하고 있어요
좋은 음악을 들을 때나
재미있는 책을 읽을 때나
번화한 거리를 걸을 때나
그대도 분명 그런 것 같아요

그렇지만 또 막상 만나면 언제 그랬냐는 듯
서로 먼 산보며 딴 이야기만 해요
알 수 없어요 우리 사랑
참으로 알 수가 없어요

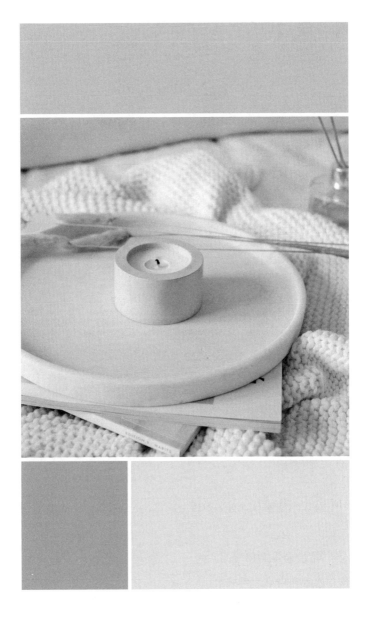

# 사과 꽃 그대

사과 꽃 위에 나비가 살포시 내려앉았습니다
그 모습을 보니 소리 없이 눈물이 납니다
사과 꽃처럼 청순한 그대를 사랑했던 기억이
향긋한 바람을 따라 아련히 떠오릅니다

눈송이처럼 깨끗한 사과꽃 향기에
고적한 그리움을 살며시 날려 봅니다
들리나요
찢겨진 가슴을 뚫고 나오는
이 처량한 울음소리
보이나요
눈물에 흠뻑 젖어 마르지 않는
파아란 눈동자

아무리 그리워해도 소용없는데...

사과 꽃잎 슬픔 되어 흩날리는
쓸쓸한 사과나무 아래에서

텅 빈 하늘가에 끝없이 어리는
그리운 그대 모습 우러르다

하루 내 서글피 울었습니다
가슴을 치며 한없이 울었습니다

# 내가 드릴 수 있는 건 아주 작습니다

사랑하는 당신
내가 드릴 수 있는 건 아주 작습니다
그러나 그 안에는
당신을 향한 간절한 나의 사랑이 있습니다

비록 눈부시게 큰 것은 드리지 못하겠지만
진실한 나의 사랑을 드리렵니다
별빛을 따다가 한 올 한 올 정성껏 엮어
당신을 위한 비단 옷을 짓겠습니다
햇살을 꺾어다가 한 송이 한 송이 꽃을 빚어
당신만을 위한 향기를 만들겠습니다

사랑하는 당신
내가 드릴 수 있는 건 너무나 작습니다
눈에 보이지도 않고 직접 만질 수도 없습니다
그것은 나의 생명과도 기꺼이 바꿀 수 있는
당신을 향한
뜨거운 사랑이기 때문입니다

# 사랑은 가혹한 형벌인가 봅니다

그대를 내가 이토록 사랑하고 있었다는 걸
때늦은 지금에서야 깨닫고 있습니다
비수처럼 살갗에 꽂혀오는 그리움의 파편들에
붉은 선혈을 눈물처럼 떨구면서도
그 아픔보다는 가슴 저미는 보고픔에 웁니다

사랑은 가혹한 형벌인가 봅니다
너무도 아름다운 그대를 사랑한
나의 죄인가 봅니다
하지만
나 비록 숨이 끊어질 만큼 힘들지만
그대와의 사랑을 후회하지 않습니다

뜨거운 첫 키스의 추억도
가슴 설레던 그대의 품속도
까마득히 잊혀져 가지만
그대를 아직도 죽을 만큼 사랑합니다

영원히 이렇게 가혹한 형벌 속에 갇혀서

아파하고 고통스러워 할 지라도

그대를 사랑하는 이 마음을

어찌 덧없이 버릴 수 있겠습니까

내 안에는 온통 그대 밖에 없는데...

나는

죽어도 그대를 잊을 수가 없습니다

# 나였으면 좋겠습니다

그대가 알고 있는 수많은 사람들 중에서
매일 밤 잠 못 이루고 가슴 태우는 사람이
오직 나 하나였으면 좋겠습니다

그대가 아파서 정신이 혼미해질 때
그 목소리 들으면 다 나을 것 같은 사람이
바로 나였으면 좋겠습니다

그대가 혼자서 어두운 밤거리를 걷다가
문득 그리워지는 단 한 사람이
다른 사람이 아닌 나였으면 좋겠습니다

비 오는 날
우산을 펼치면서 그대가 씌워주고 싶은
사람이 언제나 변함없이
나였으면 얼마나 좋을까요

하나, 둘, 셋, 넷

밤하늘에 영롱하게 빛나는 별들처럼

그대 가슴 안에 고요히 어리는 사랑이

처음부터 끝까지 나 하나였으면 좋겠습니다

# 아주 가끔은 내 생각 하니?

한 때 너 아니면 나는 살아갈 수 없을 것만
같았는데 그만큼 너를 사랑했는데
너를 본 지 꽤 많은 시간이 흘렀건만
나는 아직도 멀쩡히 살아 있구나

너를 사랑한다던 나의 마음이 거짓이었을까
아니야
정말 아니야
나 살아 있지만 허망한 껍데기일 뿐이야
겉보기에는 아무렇지 않은 듯 보여도
내 안에는 아무것도 온전히 남아 있는 게 없어

네가 떠난 후에
나는 단 한 번도 진정한 기쁨을 느껴보지 못했는 걸
보고 싶다는 말 너무 흔하지
그보다 더 간절하고 가슴 에이는 말은 없을까

너 아주 가끔은 내 생각 하니?

난 날마다 날마다 네 생각만 해
네 생각 안하면 미칠 것 같아
그립다란 말보다 더 애절한 말은 없을까

아주 가끔은 내 생각 해줄래
자주 안 해 줘도 괜찮아
그냥 아주 가끔 한 번씩만 스치듯 해줄래
보고 싶구나
네가 정말 뼈저리게 보고 싶어지는구나

# 하늘이 허락한 사랑

천상에서 내려온 한 줄기 별빛처럼
더없이 단아하고 지적인 그대
이제 그대와의 사랑은
하늘이 허락한 사랑이란 것을 느낍니다

그대의 새벽이슬처럼 고요한 눈 속에는
내 모든 고통과 아픔을 치료해주는 빛이

그대의 솜사탕 같은 붉은 입술 위에는
내 가슴 향기롭게 적셔주는 마법의 언어가

그대의 커피 향처럼 감미로운 숨결 속에는
내 영혼 천국으로 인도하는
사랑의 속삭임이 깃들어 있습니다

그대와 사랑하는 나는 너무도 행복한 사람입니다
하늘이 허락한 이 아름다운 사랑
진실로 감사드리며 소중히 지켜나가겠습니다

# 오늘 하루만 견디겠습니다

지금까지 너무 고통스러웠습니다
그대 보고픈 마음 모른 척 참아내느라
가슴이 짓무르도록 힘겨웠습니다
이제 오늘 하루만 견디겠습니다
더 이상은 참을 수가 없을 것 같습니다

두 손을 맞잡은 연인들이
함박웃음을 머금고 지나갑니다
그들의 웃음이 내 가슴에 비수처럼 꽂힙니다
굳이 떠올리지 않아도 쉴 새 없이 밀려드는
그대와의 애틋한 추억들이 나를 울립니다

오늘 하루만 견디겠습니다
그리고 그 후에는 나도 내 자신...
어찌할 수 없습니다
솟구쳐 오르는 설움을 참고서
오늘 하루만 하루만 견디겠습니다

# 나는 사랑에 빠졌어요

사탕보다 더 달콤달콤하고
장미꽃보다 더 향긋향긋하고
청포도 맛보다 더 상큼상큼한
사랑에 빠졌어요

요즘 내 모습 많이 달라졌대요
꾸미지 않아도 다들 너무 예뻐졌대요
왜냐하면
나 사랑에 빠졌기 때문이예요
당신과의 아름다운 사랑에
빠져버렸기 때문이예요

정말이지
이렇게 뿌듯한 기분은 처음인 거 같아요
하루하루가 너무 아까워요
당신과 함께하는 순간들은
마치 아득한 꿈결 같아요

아!
나는 사랑에 빠졌어요
더 깊이 빠져들수록 행복한
당신과의 사랑에 퐁당 빠져버리고 말았어요

# 그런 당신이 좋습니다

노을빛 곱게 깔린 지상 위에서 바라보는
아늑하고 포근한 천상의 모습처럼
내 마음 속에 신비롭게 들어오신
당신이 좋습니다

맑은 샘물 솟아나는 푸른 솔숲에서
상쾌하게 들려오는 산새들의 지저귐처럼
메마른 내 영혼에 단비처럼 찾아오신
당신이 좋습니다

굳이 일부러 잘 보이려 하지 않아도
언제나 나를 세상에서 가장 예쁘게 봐주시는
아름다운 눈빛을 지니신
당신이 나는 좋습니다

나의 드러난 아름다움만을 사랑하지 않으시고
나의 부끄러운 일면도 진실로 사랑해주시는
당신이 좋습니다

수줍어 소리내어 차마 말하지 못하고
늘 입 속에만 맴돌던 사랑해라는 말
먼저 내게 해주시는 사려깊은
당신이 좋습니다

그런 당신이 좋습니다
지금 그대로의 당신이 좋습니다
머리 끝에서 발 끝까지 숨결 하나 하나까지
꾸임없는 영혼을 지니신 순수한 당신이
참 좋습니다

# 사는 게 쉬운 일은 아니겠지요

하루를 살고 나면 또 하루가 우리를 기다립니다
어제와 같은 지루한 오늘
오늘과 같은 뻔한 내일을 살아가는 사람들
그러나 자세히 들여다보면 늘 새로운 하루를 살지요

어떤 날은 가슴 가득 행복이 번져오고
어떤 날은 가슴 가득 슬픔이 밀려오고
또 어떤 날은 고통과 절망의 밤을 지새웁니다
사는 게 쉬운 일은 아니겠지요
빛나는 왕관을 쓰기 위해 너도 나도 달려가느라
정작 서로의 아픔을 알아주지 못하고 있지는 않나요

조금이라도 뒤처졌다가는 경쟁에서 밀릴 것 같은 두려움
또 하루를 살아내야 한다는 부담감
아파도 마음 편하게 쉴 수도 없는 현실
사는 게 쉬운 일이 아닌 것을 너무나 잘 압니다
그렇지만 포기하지 않겠다고 다짐합니다
그것이 사랑하는 가족과 그리고 자신에게
부끄럽지 않은 선택임을 알기 때문입니다

# 하루하루 그냥 살지 않아야합니다

우리들에겐 기분이 좋을 때와 또
기분이 저조한 날이 있습니다
그래서 기분이 좋을 때는
그렇게 예뻐 보이던 사람이
기분이 나쁠 때는
한없이 미워보이곤 합니다

기분이 좋을 때는
뭐든지 다할 수 있을 거 같더니
기분이 나쁠 때는
그 어떤 것도
해낼 수 없을 것만 같습니다

하루하루 그냥 살지 않아야 합니다
기분이 좋을 때는 감사한 마음으로
세상을 바라보고
기분이 나쁠 때는 스스로를 격려하며
삶을 꿋꿋이 헤쳐 나가야 합니다

한 번 뿐인 소중한 인생

하루하루 그냥 살아 넘기지는 말아야 합니다

자신을 존중하고 사랑하며

또한 다른 이도 허물없이 사랑하며

아름다운 삶을 가꾸어나가야 합니다

하루하루 그냥 살아 버리기엔

 우리네 인생 참으로 짧습니다

# 나 진정 그대를 사랑했어요

고요한 호숫가 우아한 백조처럼 고운 모습으로
내 영혼 하염없이 설레이게 하던 그대
나 진정 그대를 사랑했어요

새벽이슬처럼 차갑게 맺힌 눈물방울
차마 깨끗이 닦아내지도 못하고
그대를 떠나보내던 그 날 이후로
나는 살아 있는 싸늘한 주검이예요

평생을 그대만을 향해 피어날 외로운 달맞이꽃
이름 없는 별이 떨어지는 밤마다 구슬피 울어요
핏빛으로 피어나는 그대의 정다운 흔적들이
오늘도 어김없이 가련한 나를 울려요

나 진정 그대만 사랑했어요
나 진정 그대를 사랑했어요

# 잘 안돼요

그대 그리워하는 것 너무 힘들고 괴로워서
이제 그만 잊고자 하여도 잘 안돼요

걸핏하면 그대 사진 꺼내놓고 눈물 글썽이는
그런 내가 싫어져서
모질게 독한 맘먹고 그대 내 맘 속에서
지우려 하는데 잘 안돼요

무슨 일을 하다가도 갑자기 멍해져서
넋을 잃은 사람처럼 그대의 환영을 떠올리는
그런 내가 슬퍼져서
오늘은 꼭 잊어야지 하지만 잘 안돼요

한 번 한다면 뭐든 잘 해내는 나인데
그대와 영원히 이별하는 일
그것만은 잘 안돼요

# 사랑의 환희

사랑은 이토록 아름다워라
누구든 사랑에 빠지면 아름다워지고
누구든 사랑에 구속되면 행복해지네

사랑의 달콤한 향기에 젖어보지 않은 사람은
인생을 논하지 말라
눈부신 사랑의 환희에 우주의 신들도 놀라는구나

사랑하는 두 사람의 눈빛에서는
까마득한 죽음조차도 극복할 수 있는
신비로운 생명의 불꽃이 활활 타오르고

사랑하는 사람들이 모여 사는 푸른 지구에는
태양빛보다 찬연한 사랑의 환희가
천만송이 꽃처럼 피어 숨이 막히네

사랑은 그토록 아름다워라
누구든 사랑의 환희에 온전히 빠진다면
지상에서 가장 행복한 낙원에 반드시 이르리라

# 장난이 아니야

내 사랑 장난이 아니야
내가 한 말 장난이 아니야
진짜 장난이 아닌데 넌 왜 웃고 있니
나는 몇날 며칠 가슴 태우다 어렵게 고백했는데
너는 이런 내 마음 조금도 몰라주는구나

너를 향한 나의 사랑 장난이 아니야
무엇이라도 다 해주고 싶고
네 곁에 언제나 함께 있고 싶고
너만을 끝까지 지켜주고 싶은 이 마음
장난이 아니야

그렇게 무심하게 웃지 말아 줄래
나 정말 장난이 아니거든
나 지금 너무 힘들거든

# 너를 만나 행복해

매일 아침 눈 뜨는 게 너무 즐거워
너를 만난 후부터 그래
어딜 가든지 누굴 만나든지
항상 기분이 좋아
모두 너를 알고 나서부터 그래

이 세상 수많은 사람들 중에서
너를 만날 확률은 얼마나 될까
전생에 얼마나 깊은 인연을 맺어야
서로 사랑하는 사이가 될 수 있을까

그런 확률 나 잘 모르지만
난 너를 만나 행복해
숨이 멎을 만큼 행복해

# 그대 내 인생에 등불이 되어

칠흑 같은 어둠만이 지속되던 날들이었는데
그대 내 인생에 등불이 되어 나를 구원하셨습니다
햇살 머금은 포도송이처럼 싱그럽게 빛나는 시절을
다시금 나에게 되돌려 주셨습니다

이제 나 그대로 인하여 새 생명을 얻었습니다
절망과 고난 속에서도 희망을 찾을 수 있고
슬픔과 눈물 속에서도 기쁨의 씨앗을 뿌릴 수 있습니다
험하고 고단한 내 인생에 등불로 오신 그대

그대가 베풀어 주신 그 넓은 사랑의 반만이라도
나 또한 다른 이에게 나누어 줄 수 있기를 바랍니다
그대 내 인생에 유일한 등불이 되어
나를 수렁에서 건지셨습니다
가슴 벅찬 환희의 세계로 인도하여 주셨습니다

# 즐거운 음악처럼 당신은

나른한 오후 스피커에서 흘러나오는
즐거운 음악처럼 당신은
나태한 내 삶에 새로운 활력을 주시고
어떤 경우에도 희망을 잃지 않을
든든한 삶의 동반자가 되어 주셨습니다

어깨를 들썩이며 고개도 끄덕이며
발랄한 멜로디에 저절로 가슴이 열리듯
우울과 슬픔의 늪에 빠졌던 나를
아늑한 평화의 숲으로 인도하여 주십니다

아름다운 음악소리에 온갖 시름을 잊듯
난 당신으로 인해 세상 모든 고민을 잊습니다
즐거운 음악처럼 당신은
내 몸, 내 영혼, 나의 모든 것들을 사로잡아
행복한 꿈의 이상향에 이르게 합니다

# 그대 곁에 있으면

그대 곁에 있으면
순간이 영원으로 바뀌고
슬픔이 기쁨으로 바뀌고
불행이 행복으로 바뀌고
에메랄드빛 하늘이 나의 눈 속에 머물고
잔잔한 바다가 그대 가슴 속에 번지고

그대 곁에 있으면
꿈이 현실로 바뀌고
절망이 희망으로 바뀌고
혼돈이 안정으로 바뀌고
멈추지 않았던 눈물이 따뜻한 미소로 변화하고
내 영혼 그대 영혼의 일부가 되어

그대 곁에 있으면 나는 늘 바뀌어 간다
그대의 깨끗하고 맑은 사랑의 빛으로
날마다 새롭게 다시 태어난다

# 어쩔 수 없습니다

기다리다 지쳐 이제는 잊을 때가 된 것도 같은데
어쩔 수 없습니다
나 오늘도 그대를 기다리며 문 밖을 서성입니다

잠깐만 한 눈 팔면
그대가 금방이라도 오셨다 가실 것 같아서
잠시도 눈을 떼지 못하고 그대를 기다립니다

비가 내리는 날이나
바람이 부는 날이나
또 하얀 눈이 펄펄 내리는 날에라도
어쩔 수 없습니다
나 그대만 애타게 기다리고 있습니다

스스로도 제어할 수 없는 이 헝클어진 감정
혼자서는 어찌할 수 없는 모질게도 서글픈
사랑인가 봅니다
청승맞고 안타까운 사랑이었나 봅니다

# 너 떨리니 난 죽을 것 같아

 너도 처음이지
나도 처음이야
오늘따라 바람이 왜 이리 향긋하지
오늘따라 별들은 왜 저렇게 청아하지
달빛에 비치는 너의 모습 정말 멋져
내가 보아온 네 모습 중 최고야

너는 사랑사랑 달나라 왕자님처럼
나는 반짝반짝 별나라 공주님처럼
수줍은 지구에 첫발을 디디고
역사적인 첫 키스를 하는 거야
너 떨리니
난 꼭 죽을 것 같아

# 영원한 사랑

오래도록 사랑하고 싶어요
아주 오랫동안 그대를 사랑하며 살고 싶어요
따스한 그대 가슴에 기대어
지친 나래를 접고 꿈같은 휴식을 취하고 싶어요

그대가 힘드실 땐
참나무 향 가득 머금은 시원한 계곡물 되어
피곤한 그대 몸에 약초처럼 스며들고 싶어요

그렇게 서로가 서로를 의지하며
단 한 시간을 함께 해도 1년을 보낸 것처럼
무한한 안식을 느끼며 사랑하고 싶어요

우리 사랑 영원 하겠죠
지구가 우주에서 티끌처럼 사라진다 해도
우리의 생명이 어느 날 덧없이 끝나더라도
시간이 영원하듯 서로의 영혼 속에서
불멸의 사랑 되어 영원 하겠죠

# 당신만큼 아름다운 사람 또 있을까

당신은 아무런 말 하지 않고 가만히 있어도
나에게는 세상에서 가장 멋지게 보여
당신은 얼음처럼 차가운 표정을 지어도
나에게는 세상에서 가장 다정하고 상냥해 보여

당신만큼 아름다운 사람 또 있을까
아니 없어 나에게는 당신뿐이야
당신만큼 내 가슴 흔들어 놓은 사람 없듯이

내 가슴에 사랑의 소나기로 내려온 당신
한 때 스치는 비인 줄 알았더니
아, 당신... 내 안에 너무 깊이 들어와 이제
당신 없인 단 하루도 살아갈 수가 없어

# 사랑은 그렇게 옵니다

빈 들녘에 쓸쓸히 서 있는 자작나무 우듬지에
고요히 어리는 한 줄기 석양빛처럼
그렇게 옵니다

물안개 자욱한 호수에 말없이 피어난 연꽃 위로
살포시 머무르다 사뿐히 날아오르는 나비처럼
그렇게 옵니다

고요한 침묵이 흐르는 산 속 웅장한 바위와
오랜 친구 되어 다정한 상냥한 이끼처럼
그렇게 옵니다

사랑은 그렇게 옵니다
때론 기쁨으로
때론 슬픔으로
때론 감당할 수 없는 그리움으로
우리들의 마음속에 가만히 찾아옵니다

# 당신의 눈 속에 빠지고 싶어요

당신의 두 눈은 수정같이 맑고 깨끗해
그 눈빛 바라보면 난 그만 아찔해지네요
은빛 물결 잔잔히 일렁이는 폭넓은 바다처럼
나의 모든 걸 너그럽게 포용해주는 당신의 눈

당신의 그 빛나는 눈 속에 빠지고 싶어요
깊고 편안한 당신의 눈 속에 빠져
현명한 당신의 향기에 젖고 싶어요

보석처럼 반짝이는 당신의 눈
풀잎처럼 풋풋한 당신의 눈
아이처럼 순결한 당신의 눈
그 어떤 눈보다 아름답고 평화로운 당신의 눈
당신의 눈 속에 빠지고 싶어요

# 하루만 더 내 곁에 머물러 주세요

저 떨어지는 태양도 영원히 사라지지는 않거늘
사랑하는 이여
그대 왜 서둘러 나에게서 떠나가려 하시나요

선잠에서 깨어난 어린 사슴의 눈망울처럼
나 지금도 그대가 가신다는 사실에 어리둥절해 있는데
아직은 그대를 보내드릴 수가 없겠는데

사랑하는 이여
하루만 더 내 곁에 머무르다 가세요
어둠이 온 세상에 향료처럼 고여들고
슬픈 운명을 예비하는 밤의 옷자락이 펼쳐질 때
난 두 손 모두어 그대의 행복을 기원할게요

하루만 더 내 곁에 머물러 주세요
조금이라도 더 오래...
아름다운 그대 모습 내 마음 속에 담아둘 수 있게
내일은 비록 가슴 미어지는 이별일지라도
내일은 비록 하늘이 무너질 만큼 슬퍼할지라도

# 이슬처럼 꽃잎처럼

이슬처럼
꽃잎처럼
또는 바람의 한숨처럼
조심조심 다가가고픈 나의 사랑

아득한 수평선 끝까지라도
광활한 사막의 모래 폭풍 속에라도
그대만 있으면 나는 기꺼이 달려가리

그대는 바라보기에도 차마 아까운 사람
가슴 터지도록 사랑스럽고 고마운 사람

이슬처럼
꽃잎처럼
또는 바람의 한숨처럼
그토록 소중하게 사랑하고픈 나의 그대
그대를 내 영혼의 마지막 순간까지 사랑합니다

# 두 눈이 멀어도 볼 수 있습니다

어느 날 예고 없이 두 눈이 멀어서
아무 것도 보이지 않고 온통 캄캄한 암흑만
시야에 가득해진다 하여도
나는 그대를 볼 수 있습니다

진정한 사랑의 눈은
가슴 속에 있는 것
보이지 않는 마음의 눈으로 나는 그대를
언제든 볼 수 있습니다

오늘도 아름다운 그대의 움직임을
하나도 놓치지 않고 기억의 필름에 저장시킵니다
설령 두 눈이 멀어도
설령 정신이 혼미해져도
그대를 볼 수 있도록

나는 두 눈이 멀어도
사랑하는 그대 언제나 볼 수 있습니다

# 저 별들 속에 그대 모습이

창 문 너머 캄캄한 밤하늘 위에
잃어버린 기억 속의 소녀처럼
초연히 빛나는 별들
저 별들 속에 그대 모습이 보입니다

나지막하게 들려오는 풀벌레들의 노랫소리가
나의 시린 어깨를 다독여주지만
그대 아닌 그 무엇도 나를 위로해줄 수 없습니다

그대를 대신할 사람 이 세상에 없고
그대만큼 사랑하고픈 사람 또한
이 땅 위에 존재하지 않습니다

어떻게 하면 좋겠습니까
저 아득한 밤하늘 수많은 별들 속에
그대 모습이 저토록 선명하게 새겨져 있으니
오늘밤을 견디기가 너무나 힘겹습니다

# 시간이 멈추었으면 얼마나 좋았을까

너를 처음 만난 그 때
순진한 너의 미소와 낭랑한 너의 목소리에
나는 순식간에 반해버렸어
그 순간
시간이 멈추었으면 얼마나 좋았을까

하얀 모자를 쓴 너와 함께 떠난 여행지에서
꽃잎의 떨림처럼 아주 짧은 순간
네 입술이 내게 닿았을 때
그 순간
시간이 멈추었으면 얼마나 좋았을까

자장면을 먹다가 마지막 단무지 한 개에
너와 나의 젓가락이 동시에 멈추어
한참을 깔깔거리며 웃었을 때
그 순간
시간이 멈추었으면 얼마나 좋았을까

그리고 네가 한없이 쓸쓸해진 모습으로
내게 안녕이라고 말하던 그 때
시간이 멈추었으면 얼마나 좋았을까

그냥 안녕이란 말만 해놓고
절대로 내 곁에서 떠나가지 못하게
영원히 그 순간이 멈추었다면
얼마나 좋았을까

# 언제나 그대 곁에서

천 년의 시간이 흐른 후에 이루어질 수 있는
전설 속의 신비로운 사랑처럼
나는 언제나 그대 곁에서 불멸의 꽃으로
피어 있겠어요

밤이 되면 아름다운 별로 다시 태어나
그대의 기나긴 어둠을 환히 밝혀 드리고

아침이 되면 사랑의 요정으로 환생하여
그대의 외로운 가슴
살며시 안아 드리겠어요

언제나 그대 곁에서
꽃이 되고
별이 되고
그대가 원하는 그 무엇이 되어
내 생명의 불꽃이 스러지는 날까지 사랑하겠어요

# 당신 앞에서는 자존심을 버렸습니다

조금만 자존심 상하는 일이 생기면
기분이 금방 가라앉던 나였는데
당신 앞에서만은 그렇지가 않습니다

당신이 내게 아무리 냉정하게 하셔도
어인 까닭인지 하나도 섭섭하지 않습니다
오히려 당신의 그런 모습마저
예쁘고 사랑스러워 보입니다

당신 앞에서는
오래 전부터 자존심을 버렸습니다
나보다는 당신이 더 소중한
까닭입니다

오늘도 당신
내게 퉁명스럽고 쌀쌀하게
대하실 거죠
괜찮습니다
당신 앞에서 나는 기꺼이
자존심을 버리겠습니다

# 그대에게 가는 길

그대에게 가는 길이 때로 참 힘겹습니다
그래서 메마른 길섶에 주저앉아
허공을 바라보며 눈물을 글썽일 때도 많았습니다

그대에게 가기 위해 나는
가지고 있던 것들을 하나씩 버렸습니다
자만심, 욕심, 질투, 그리고 집착등을
그대에게 가까워질수록 나는 가진 게
없어집니다

그렇지만 가벼워질수록
나는 그만큼 행복해집니다
내 안에는 그대를 향한 애끓는 사랑만이
가득합니다

그대에게 가는 동안
또다시 비바람이 몰아치고 찬 서리가 내리면
내 육신은 더 야위고 더 피폐해져 갈 것입니다

그러나 그 정도의 고통도 감수하지 않고서
어찌 내가 그대를 진정으로 사랑한다
말할 수 있겠습니까

한없이 기쁜 마음으로 오늘도 나
그대에게 갑니다
사랑하니까
나 그대를 영원 끝까지 사랑하니까

# 늦은 밤 네가 생각나

시간은 벌써
새벽 1시를 넘어서는데
잠은 오지 않고
네 생각만나

그래서 끄적여보는 너의 이름
노트 위에 새겨진 네 이름 위에
예고없이 눈물 한 방울 떨구고
아...내가 왜 이러지 하면서
너의 이름을 가만히 지우지만

질긴 인연이었나
지워도 지워지지 않는 네 이름 석자
내 가슴 속에 화인처럼 박혀 있구나
늦은 밤 네가 생각나
머리는 아프고 자고 싶은데
잠은커녕 점점 또렷해지는 의식

보고 싶다 혼잣말에 그리움 희석시켜서
어떻게든 눈 좀 부치려는데
네가 생각나서 자꾸만 생각나서
잘 수가 없다

어떻게 하지?
나 자고 싶은데 이 늦은 밤에
네 생각만 하고 있으려니 가슴이 아픈데
잘못하다가 이러다가
나 미쳐버릴 지도 모르는데

# 사랑하기

그대를 사랑하는 일은 내가 제일
좋아하는 일입니다
시간은 변함없이 우리 곁을 스치고
모든 것들은 소리 없이 변해갑니다
이렇게 변화하는 세상 속에서
그대를 사랑하는 일은 내가 언제까지나
지속하고픈 소중한 일입니다

사랑하는 마음에서는 고운 향기가 납니다
내가 그대를 사랑할 때
나에게서는 은은한 사랑의 향기가 피어나고
그대가 나를 사랑할 때
그대에게서는 달콤한 사랑의 향기가
번져 나옵니다

그대를 사랑하며 살고 싶습니다
내가 다다를 수 있는 최고의 이상향은
오직 그대뿐입니다
오늘도 그대를 사랑하는 일이
내 삶의 전부가 되어가고 있습니다

# 네가 그리웠다

네가 그리웠다
긴 긴 밤 하얗게 지새워가며
네가 그리웠다

네가 그리웠다
네가 유난히 좋아하던 붉은 장미를 볼 적마다
네가 그리웠다

네가 그리웠다
다정한 연인들 서로 어깨를 기대며
내 곁을 스칠 때
네가 그리웠다

네가 그리웠다
나의 마음이 가난한 어느 날
눈물의 별이 된 네가
들판에 핀 청순한 자운영 같던 네가
밤마다 그리웠다

네가 사무치게 그리워
나는 그리움이란 낱말이 무서웠다
그토록 두려움에 떨면서도 나는
끝내
네가 그리웠다

# 저 장미꽃이 울고 있습니다

순결한 아침이슬 눈물방울처럼 머금은
저 장미꽃이 고개 숙여 울고 있습니다
내가 우는 게 아닙니다
내가 그대 보고파
서럽게 울고 있는 게 아닙니다

햇살이 뜨거워지고 어느새 기운을 잃은
저 장미꽃이 어깨를 들썩이며 흐느끼고 있습니다
내가 흐느끼고 있는 게 아닙니다
내가 그대 그리워
홀로 흐느끼고 있는 게 아닙니다

한 잎 한 잎
설움 같은 붉은 피 꽃잎 떨구며
저 장미꽃이 가엾게 눈물짓고 있습니다
`가 눈물짓고 있는 게 아닙니다
그대 생각에 끝없이
˙ 있는 게 아닙니다

다만
저 장미꽃이 울고 있습니다
저 장미꽃이 흐느끼고 있습니다
저 장미꽃이 눈물짓고 있습니다
내가 우는 게 결코 아닙니다

이 책은 우주를 창조하시고
내게 생명의 숨결을 불어넣어주신
하나님이 도와주셔서 완성되었다.

불가능을 가능으로 절망을 희망으로 만드시는
위대하신 하나님께서 내게 지혜를 주시고
이렇게 출간될 수 있게 만들어주셨으니
이 모든 영광을 하나님께 드리며 무한한 감사를 드린다.

기꺼이 책으로 내어 주신 가나북스 대표님께 감사드리며
항상 힘이 되어주는 가족들에게도 감사를 드린다.

이 책을 읽으시는 모든 독자님들께
하나님의 크시고 놀라운 축복이 폭포수처럼 임하시길
진심으로 기도한다.

시인. **장세희**